아레미 후에

아레의 후에 1

글쓰는기계 장편소설

초판 1쇄 찍은 날 | 2017년 2월 15일
초판 1쇄 펴낸 날 | 2017년 2월 22일

지은이 | 글쓰는기계
펴낸이 | 예경원

기획 | 위시북스
편집책임 | 박우진
편집 | 이즈플러스

펴낸곳 | 예원북스
등록번호 | 제396-2012-000132호
등록일자 | 2012. 7. 25
KFN | 제1-073호

주소 | 경기도 고양시 일산동구 호수로 646-24 위너스21 II 빌딩 206A호 (우)10401
전화 | 031-819-9431 팩스 | 031-817-9432
E-mail | yewonbooks@naver.com

ⓒ글쓰는기계, 2017

ISBN 979-11-6098-088-2 04810
        979-11-6098-087-5 (set)

WISHBOOKS MODERN FANTASY STORY

글쓰는기계 장편소설

이계의 후예

1

Wish
Books

아게의 후예

CONTENTS

프롤로그

"빌어먹을 놈들, 아무리 그래도 이건 너무하잖아!"

김수현은 분노에 찬 외침을 토해냈다.

마음 같아서는 주먹으로 책상을 후려치고 싶었지만 그럴 수도 없었다. 지금 그에게는 그럴 손이 없었기 때문이었다.

아니, 손만 없는 게 아니었다.

지금 그의 손발은 모두 사라진 상태였다. 그뿐만 아니라 몸의 곳곳에는 커다란 흉터와 생명 유지 장치가 돌출되어 있어서 커다란 사고가 있었음을 짐작하게 했다.

기계식 의수와 의족을 다는 건 과거와 달리 이제 별로 어렵지 않았다.

그러나 수현의 문제는 단지 사지가 사라진 것만이 아니

었다.

겉은 멀쩡해 보여도 속은 사고로 인해 골병이 들 대로 든 상황이었던 것이다.

생명을 유지하기 위해서는 대대적인 수술과 그 이후의 치료를 필수적으로 받아야 했다.

그러나 군에서는 정말로 기본적인 치료로 목숨만 부지시켜 놓고 그를 버렸다.

기계식 의수와 의족에 대한 비용은 주어졌지만 그 예산은 싸구려 양산형에 맞춰진 것이었다.

한창 활발하게 움직이던 수현이 그런 양산형 의수와 의족을 달고서 불편함을 느끼지 않을 리 없었다.

수현에게 남겨진 건 얼마 되지 않는 연금과 이제는 흔적도 남지 않은 명예.

그리고 버려졌다는 배신감과 분노뿐이었다. 한때는 일생을 바칠 생각을 했던 대상이, 그가 가치가 없어지자 이렇게 매몰차게 변하는 조직이었다니.

어차피 이렇게 살아 봤자 채 몇 년을 더 살지 못할 것이다.

수현은 그의 몸 상태를 직감할 수 있었다. 그 몇 년은 고통과 불편으로 점철된 비참한 삶이 되겠지.

원래는 그를 이렇게 만든 자들을 찾아서 복수하려 했었다.

그러나 세상은 호락호락하지 않았다. 복수할 힘을 되찾기도 전에 그는 현실의 벽에 막혀서 지쳐 버렸다.

"아무리 그래도 그렇지. 같은 편이라고 믿었던 놈들한테 배신당해서 이렇게……."

진통제에 취해 흐려지는 의식을 느끼며 수현은 눈을 감았다.

1999년의 마지막 날.

인류는 영원히 이날을 잊지 못할 것이다.

많은 예언가가 1999년의 마지막 날에 어떤 일이 일어날 거라 예언했고, 대부분의 사람은 아무런 일도 일어나지 않을 것이라고 예상했다.

그러나 그들의 의견은 모두 빗나갔다.

1999년의 마지막 날에 나타난 것은 다른 행성과 연결된 차원문이었다.

다른 행성과 연결된 차원문이라는 점도 놀랍지만, 처음에 인류는 차원문보다는 차원문 때문에 주변에 일어난 상황에 주목했다.

차원문이 생긴 위치가 매우…… 미묘했던 것이다.

지금은 흔적도 찾기 힘든, 아는 사람들만 아는 국가.

북한.

차원문은 평양의 중심에 나타났다. 그리고 말 그대로 주변의 모든 것을 삼켜 버렸다.

나중에 연구가 진행되면서 삼켜진 것들이 이계로 간 게 아닐까 하는 추측이 있었지만, 차원문이 나타난 지 100년이 넘은 현재에 와서도 그들의 흔적이 발견되지 않았다.

현재 학계는 처음 차원문이 나타났을 때 휘말린 북한의 사람들이 우주 공간의 미아가 되어 가루가 되었을 거라 추측하고 있었다.

불안정해 보이면서도 끈질기게 버티던 북한의 정권은 이 갑작스러운 사고에 그대로 무너져 버렸다.

국가의 중추가 전부 사라져 버렸는데 버틸 힘이 북한에게 있을 리가 없었다.

상황을 파악한 주변국들은 그제야 움직였다. 각국의 군대가 북한으로 진입했고, 상황을 수습하기 위해 애썼다.

당연히 한국도 마찬가지로 북진했다. 원래 평양이 있던 곳에 도착한 각국의 군대는 푸른색으로 빛나는 거대한 타원형의 물체와 그 주변에서 보이는 이국적인 모습을 맞이했다.

평양에 나타난 차원문은 그 주변에 있던 북한의 모든 것을 날려 버리고 그 자리에 다른 풍경을 심어놓은 것이다.

아직 차원문의 가치를 몰랐던 인류는 차원문을 조사하기보다는 먼저 현실적인 문제에 돌입했다.

정권이 사라진 북한의 영토를 나누기 시작한 것이다.

중국, 러시아, 한국, 미국. 이 네 개의 국가가 첨예하게 대립한 끝에 결국에는 타협안이 완성되었다.

그리고 그때부터, 수많은 사람의 관심을 사고 있었지만 현실적인 문제 때문에 접근하지 못했던 차원문에 대한 조사가 시작되었다.

"대기 상태는 어떤가?"

"대기 분석 들어갑니다. 산소 농도 양호합니다! 이건……지구의 대기와 거의 일치합니다!"

"뭐?!"

차원문은 거대한 행성의 대륙과 연결되어 있었다.

처음 대륙에 도착한 인류는 행성의 이름을 카메론이라고 지었다.

가장 먼저 뛰어든 사람의 용기를 기리기 위해서였다.

도착한 곳에도 차원문은 있었고, 그들은 바로 지구와 이대륙 간 이동이 가능하다는 걸 알 수 있었다. 그때부터 조사가 활기를 가지기 시작했다.

처음에는 간단한 정보들.

주변의 지리나 기후부터 시작해서 인류는 폭발적으로 정보를 넓혀 나갔다. 그리고 정보가 넓혀져 갈수록 인류는 이 행성의 가치에 전율하게 됐다.

카메론 행성은 축복받은 땅이었다.

지구와 비슷한 풍토를 가지고 있어서 인류가 가도 생존에는 문제가 없었지만, 가지고 있는 자원은 무궁무진했다.

지구에 없는 각종 광석과 에너지원들이 흘러넘치고 있었다.

게다가 아직 이 대륙에는 주인이 없었다.

탐사대를 곳곳에 보낸 인류는 이 대륙의 문명이 아직 고대 도시국가 수준이라는 걸 확인할 수 있었다. 인류의 무력과 비교해 본다면 다윗과 골리앗 정도의 차이였다.

물론 그렇다고 야만적인 일이 일어나지는 않았다. 그때의 인류는 20세기의 경험을 아직 기억하고 있었다.

약한 상대에게 덤벼들어서 식민지로 만드는 시대는 끝난 것이다.

인류는 곳곳에 보이는, 이종족들로 구성된 도시국가에 최대한 조심스럽게 접촉을 시도했다.

그리고 오랜 시도 끝에 인류는 그들과 소통에 성공했다.

내면적인 관계야 어쨌든, 인류는 현재 파악된 도시국가와 표면적으로 평화 교류 관계를 성립한 상태였다.

인간과 다른 이종족, 그리고 그들로 이루어진 고대 형태의 도시국가.

이것만으로도 많은 호사가를 매혹시킬 소재였지만 조금 더 욕심이 많고 현명한 사람들은 다른 것을 보았다. 그것은 넓게 펼쳐진 미개척지였다.

대부분의 지역이 밝혀진 지구와 달리 카메론 행성은 대부분이 미개척지였다.

게다가 거기에 살고 있던 이종족들은 카메론 행성의 주인이라기에는 지나치게 세력이 작았다. 인류는 그들을 병합하거나 지배해 봤자 얻을 이익이 없었다.

진짜 이익은 미개척지에 있었다. 정보를 얻고 상황을 파악한 인류는 그때부터 본격적으로 사업을 시작했다.

아무도 주인이 없는 미개척지에 가서 희귀한 자원을 모은다.

누구나 군침을 흘릴 만한 이야기였다. 그러나 만만한 카메론 행성의 주민들을 보고 방심했던 인류는 뼈저린 교훈을 치르게 되었다.

카메론 행성의 진정한 주인은 이종족들이 아니라 괴물들이었던 것이다.

카메론 행성의 대륙의 환경은 매우 다양했다.

어떤 곳은 지나가기도 힘든 정글 지대라면 어떤 곳은 아무도 살 수 없을 정도로 추운 곳이었다.

그리고 그런 변화무쌍한 곳에 살고 있는 터줏대감들이 있었다.

어떤 놈은 지구에서 멸종된 공룡을 연상시키는 생김새를 가지고 있었고, 어떤 놈은 지구에서 본 적도 없는 기묘한 생김새를 가지고 있었다. 그러나 공통점이 있었다.

괴물들, 몬스터는 침입자에게 호의적이지 않았다.

자기들끼리도 서로 죽이려고 싸우는데 멋대로 들어온 인류를 내버려 둘 리 없었다.

운 좋게 몬스터가 없는 지역에 차원문이 생겨서 안심했던 인류는 처음 탐사대가 전멸당하고 나서야 이 행성의 무서움을 깨닫게 됐다.

그때부터 본격적으로 군대가 진출하게 되었다.

그리고 지금.

처음 차원문이 생겼을 때부터 따진다면 백 년이 넘게 흐른 상태였다.

처음에 미개척지에 대한 동경과 호기심을 보이던 인류도 어느새 카메론 행성을 일상처럼 받아들이게 되었다.

이제는 누구나 허가만 받으면 예전의 평양으로 가 차원문을 통해 카메론 행성으로 갈 수 있었다.

조사대 기지 수준으로 시작했던 곳은 어느새 거대한 도시가 되어 있었다.

치안을 유지 하기 위해 주둔하고 있는 군대, 사업을 위해 찾아온 사업가. 새로운 행성의 삶을 꿈꾸고 찾아온 이민자. 여기에서 일하고 있는 사람을 가족으로 두고 있는 사람들까지…….

겉으로 보기에는 지구의 대도시와 별다른 차이점이 없어 보였다.

그러나 도시 외곽에서 몇십 km만 가면 거대한 미개척지가 바로 나타났다. 어떤 위험이 기다리고 있을지 모르는 곳.

수현은 바로 이런 대륙의 주민이었다.

아버지도 여기서 일하던 직업군인, 어머니도 여기서 일하던 직업군인. 그는 여기 행성이 고향이었다.

카메론 행성에서 태어난 남자.

자연스럽게 그도 직업군인을 꿈꾸게 되었다. 할 줄 아는 게 많지 않은 신체 능력 뛰어난 남자가 카메론 행성에서 직업군인을 꿈꾸는 건 자연스러운 일이었다.

수현은 그중에서도 군계일학이었다. 일반병으로 시작했지만 특수부대로 이동.

그 이후에도 꾸준히 공을 세워 대위까지 올라 중대의 지휘관을 맡게 되었다. 그때가 수현의 가장 눈부신 시절이었다.

"기습입니다! 대장!"

"무슨?! 여기 주변에 몬스터는 없어! 이미 확인을 끝냈다고!"

"대장! 피하십시오! 앞으로 달려가세요!"

"이놈들…… 몬스터가 아닙니다! 크아아아악!"

어느 날 작전이 틀어졌다.

자원이 발견되었다는 정보를 듣고서 위험 요소를 파악하기 위해서 이동했지만 갑작스러운 기습이 들어온 것이다.

군은 절대로 인정하지 않았지만 수현은 확신했다. 그 기습은 몬스터의 기습이 아니었다. 다른 인간, 군인의 기습이었다.

그와 그의 팀은 몬스터들을 상대하는 데 이골이 날 대로 난 이들이었다. 몬스터가 이 땅의 주인이라는 말을 들으면 그들은 코웃음을 쳤었다.

몬스터들의 기습이라면 분명히 사전에 눈치챘을 것이다.

부하들은 전멸.

수현은 간신히 몸을 던져서 살아남았다.

그러나 전투 와중에 몸은 완전히 박살 나고 죽느니만 못한 꼴이 되어버렸다.

수현은 군에 강하게 요청했다.

이 대륙에서 이권 다툼을 벌이고 있는 건 민간 기업들뿐만

이 아니라 국가들도 마찬가지였다.

그와 그의 부하들을 공격한 건 분명 다른 군인들이었고, 그들이 마치 기다렸다는 듯이 공격했다는 것은 안에서 정보가 샌 게 분명하다고.

그러나 군은 받아들여 주지 않았다. 그들은 그 사건을 수현의 부주의로 인한 전멸로 판단했다. 그리고 그들은 이어서 수현을 마치 귀찮은 파리 쫓아내듯이 쫓아냈다.

몸이 망가진 수현은 복수는 시작도 하지 못하고 모든 희망을 잃어버렸다. 안에서 증오심이 끓어올랐지만 방법이 없었다. 남은 건 움직이지 않는 몸과 고통뿐.

1장
새로운 시작(1)

"……고 있냐?"

"……?"

"듣고 있냐고 물었잖아. 너, 너 듣고 있어?"

"예?"

수현은 어리둥절해져서 무심코 되물었다. 앞에서 모르는
남자가 짜증 난다는 표정을 지으며 그를 쳐다보고 있었다.

"방금 물었잖나. 군인이라면 으레 갖춰야 할 가치관을 말
해보라고."

이런 식의 교육은 예전부터 질리도록 받았었다. 수현은 듣
자마자 눈앞의 남자가 뭘 묻는지 알 수 있었다.

그러나 대답보다 먼저 떠오른 건 의문이었다. 원래 그가

있어야 할 장소가 아니라, 모르는 장소에 모르는 이들과 같이 있었던 것이다. 게다가 그의 몸은…….

'안 아프다.'

사건 이후 끊임없이 안에서 끓어오르듯 그를 괴롭히던 고통이 더 이상 느껴지지 않았다.

"손발이……! 멀쩡하잖아!"

"너. 내 말이 안 들려?"

"아. 죄송합니다. 뭐라고 하셨습니까?"

"군인이라면 갖춰야 할 가치관을 말해보라고 했다! 이 귀머거리 새끼야!"

남자의 얼굴에는 불만이 가득해 보였다. 주변에 있던 다른 훈련병들은 수현을 보며 한심하다는 듯이 혀를 찼다.

"군인정신이라면 명예, 충성, 용기를 말씀하시는 겁니까?"

"알고 있군. 그러면 됐어. 자리에 앉아."

"……."

"자리에 앉아도 된다니까?"

앞에 남자가 뭐라고 말하거나 말거나, 수현은 그의 생각에만 집중했다. 고통이 사라진 육체. 다시 달린 손과 팔. 그것만으로 끝난 게 아니었다. 그는 지금……. 젊어져 있었다.

'이게 대체 어떻게 된 일이지?'

방금까지 그는 퇴물 특수부대 지휘관으로, 방 안에서 술과

약에 절어 있었는데. 지금 그는 젊은 훈련생들 사이에 서 있었다.

왠지 모르게 주변이 낯이 익었다. 그가 아주 예전에 있었던 장소 같았다. 그렇게 기억에 남는 일은 없어서 처음에는 알아차리지 못 했었지만 점점 확신이 섰다.

수현은 확인하기 위해 물었다.

"혹시 오늘 날짜를 여쭈어 봐도 괜찮겠습니까?"

"뭐? 벌써 집에 가고 싶어? 아직 훈련이 끝나지도 않았는데?! 하하하! 엄마가 보고 싶냐?"

"으하하하하하하!"

주변에서 웃음이 터져 나왔다. 수현도 따라 웃었다. 지금 상황이 이해가 가지 않았지만 그는 여전히 수현이었다.

그에게 덤벼드는 건방진 놈을 가만히 내버려 둔다면 그는 그가 아니었다. 웃음이 잦아들자 그는 천진난만한 표정을 지으며 말했다.

"제 어머니께서는 예전에 돌아가셨습니다."

"어……."

"하지만 괜찮습니다. 이번에 나가게 되면 뵐 생각이거든요."

"뭐? 방금 돌아가셨다고 했잖아!"

"교관님의 어머니를 말한 겁니다만."

잠깐의 침묵.

그리고 뜻을 이해한 교관의 얼굴이 붉어졌다.

퍽!

'크…….'

"일어나, 이 개새끼야!"

턱을 정통으로 맞았지만 아프지는 않았다. 맞는 순간 돌려서 충격을 흡수한 것이다. 수현은 오랜만에 느껴지는 상쾌함에 살짝 느껴지는 고통마저도 정겨울 지경이었다.

그의 육신이 마음대로 움직인다!

소란이 일어나자 상관으로 보이는 사람이 다가왔다. 그는 교관과 수현을 번갈아 쳐다보며 눈살을 찌푸렸다.

"무슨 일이야!"

"아무것도 아닙니다!"

교관은 이를 갈더니 수현의 귓가에 대고 속삭였다.

"넌 나한테 찍혔어. 이 개새끼. 감히 우리 어머니를 모욕해?"

"어머니가 젊고 아름답고 한 게 모욕은 아니잖……."

"미친놈아, 그만해!"

옆에 있던 훈련병이 다급하게 말렸다. 수현 때문에 그들까지 피해를 입을까 두려웠던 것이다.

수현은 웃음이 터져 나오려는 걸 참아야 했다. 군대에서 구른 시간이 얼마인데, 지금 눈앞의 교관처럼 으스대는 놈 정도는 순식간에 놀려먹을 수 있었다.

교관은 다른 교관의 눈치가 보였는지 더 이상 손찌검을 하지는 않았다.

수현은 지금 상황이 너무나 만족스러웠다. 어떻게 된 건지는 아직 이해가 가지 않았다. 꿈인지, 현실인지. 꿈이라면 제발 깨어나지 않았으면 좋겠다고 생각했다.

"뭘 하고 있었지?"

"훈련병에게 군인의 마음가짐에 대해 알려주고 있었습니다!"

"폭력이 있었던 것 같은데?"

"아닙니다!"

"……?!"

아니라고 말한 건 수현이었다, 교관도 놀랐는지 수현을 쳐다보았다.

"만약 교관님께서 폭력을 쓰셨다면 제가 이렇게 멀쩡하겠습니까? 만약 그렇다면 교관님께서는 어린아이보다 형편없는 주먹을 가지신 분일 겁니다!"

'이 개새끼가 진짜…….'

시간을 물어본 질문에 제대로 대답을 하지 않고 수현을 한번 놀렸다가 제대로 피를 보고 있는 교관이었다.

과거로 돌아와서 그동안 쌓였던 울분을 쏟아내듯이, 수현은 입을 놀렸다.

"군인의 마음가짐에 대해 알려주고 있었다고? 그러면 한번 말해 보게."

"명예, 충성, 용기입니다."

"맞군. 제대로 알고 있으면 됐네."

"하지만 저는 그렇게 생각하지 않습니다."

"……?"

"그건 군인이 가져 봤자 남 좋은 일만 하는 것들입니다. 명예? 전신이 박살 나고 불구가 되어도 명예가 의미가 있겠습니까? 그렇게 되면 군은 아마 제 명예를 걸레 조각에 싸서 저한테 던져줄 겁니다. 충성? 충성은 충성을 바칠 만한 상대한테 충성해야죠. 개새끼도 먹이를 안 주는 주인한테는 꼬리를 안 흔듭니다. 용기? 원래 가장 용감한 놈이 가장 먼저 죽는 법입니다. 부디 저 교관님이 여기서 가장 용감하셨으면 좋겠군요."

"……."

"쫓겨났군."

수현은 피식 웃으면서 거리를 걸었다. 등에 지고 있는 더플백의 무게도, 저녁의 공기 냄새도, 주변에서 슬슬 불이 들어오기 시작한 간판의 불빛도. 이 모든 게 사랑스러웠다.

2101년 3월 1일. 수현이 있던 시간보다 십 년이 넘게 앞당겨진 시간이었다. 날짜를 듣고 나서야 수현은 확신할 수 있었다.

그는 정말로 과거로 돌아온 것이다.

'어떻게 된 건지는 모르겠지만…….'

이유보다는 충실함이 먼저 차올랐다. 골골대던 불완전한 몸 대신 주어진 자유롭고 완전한 몸. 이것만으로도 뭐든지 할 수 있을 것 같은 기분이었다.

훈련병의 신분으로 저런 소리를 하고 쫓겨나지 않을 거라고는 생각하지 않았다.

애초에 수현은 그런 꼴을 겪고서도 군에 남아 있을 생각은 전혀 없었다. 그가 사건을 겪고 나서 경험한 일은 군에 대한 애정이 전부 사라지게 만들었다.

그 울분도 나오기 전에 떠들었던 말들로 조금 풀어진 것 같았다.

"젠장. 생각해 보니 관련도 없는 사람한테 화풀이한 셈이 잖아? 추하군. 기분이야 풀렸지만."

어차피 군은 나오려고 했다. 들어가지도 않은 상황에서 나오게 된 셈이니 오히려 다행일지도 몰랐다. 물론 군한테는 찍혔겠지만…….

"어스 드래곤 꼬치 드셔보세요!"

코를 찌르는 향긋한 고기 냄새. 오랜만에 동하는 식욕에 수현은 고개를 돌렸다. 훤칠하게 생긴 엘프 남성이 포장마차를 차리고서 꼬치를 굽고 있었다.

아직도 도시국가 형태로 사는 이종족들도 많았지만 인류와 교류하면서 인류의 도시에 흡수된 이종족들도 많았다.

그들은 다양한 방식으로 문명에 적응해 나갔다. 이 도시에서 자연스럽게 한국말을 하는 이종족들을 보는 건 그다지 어려운 일이 아니었다.

"카드도 됩니까?"

"카드. 안 돼요. 현금. 좋아요."

"……."

수현은 혀를 차며 지폐를 꺼내서 엘프에게 건넸다. 엘프는 씩 웃으며 꼬치를 수현의 손에 들려주었다.

콰득!

호쾌하게 고기를 물어뜯은 수현은 질 좋은 고기 사이로 흘러내리는 육즙을 맛보며 고개를 끄덕였다. 이것도 오랜만에 느껴보는 쾌감이었다.

"응?"

"……?"

"이거 어스 드래곤 고기가 아닌데……?"

엘프는 수현이 중얼거리는 말을 듣고 어깨를 움찔했다. 어스 드래곤은 땅속을 헤엄치듯이 돌아다니는 거대한 몬스터였다.

살아 있을 때에는 언제 기습을 가해올지 모르는 두려운 상대였지만 죽은 시체는 그 누구도 싫어하지 않은 진미였다.

어스 드래곤 고기는 미식가들이 환장하면서 달려들 정도로 유명했고, 당연히 수요에 비해 공급이 부족했다. 대부분의 사람들은 어스 드래곤 고기를 구분도 하지 못할 것이다.

그러나 수현은 아니었다. 군인으로 일하면서 어스 드래곤 사냥은 즐거움 중 하나였다. 부하들과 심심하면 잡아서 먹고는 했었는데…….

"무슨, 말인지, 모르겠어요. 나. 한국말. 잘 못해요."

"아, 그러세요? 이거, 돼지고기 양념에 재운 거잖아? 그걸 이 돈 주고 팔아?"

"손님. 억지 부리면 안 돼요. 맛있게 잘 먹었잖아요."

"맛있긴 한데 이건 사기야."

"어려운 말. 쓰지 마요. 엘프라고 괴롭히면, 신고할 거예요."

도시에 와서 일하는 이종족들은 무허가만 아니라면 법의 강력한 보호를 받고 있었다.

그들을 착취하려고 했다가 몇백 년이 넘는 징역형을 받은 사람도 있을 정도였다.

"누가 내 친구를 괴롭혀?"

"뭐야. 너…… 뒷배도 있었냐? 이것들 아주……. 한 놈은 사기 치고 한 놈은 윽박지르고. 잘 논다?"

나타난 건 엘프가 아니라 인간이었다. 손에 금속 재질로 된 장갑을 끼고서, 호전적인 표정으로 주먹을 부딪치며 다가 오던 남자는 위협적인 태도로 수현에게 말을 걸었다.

"야. 맛있게 먹었으면 잘 먹었습니다~ 하고 꺼져. 괜한 트 집 잡지 말고."

"아. 이것들이. 그래도 맛은 있어서 적당히 넘어가 주려고 했더니 매를 부르네. 한번 일 키워볼까? 공무원 아저씨 불러 서 진짜 저 고기가 어스 드래곤 찌꺼기 고기인지, 아니면 돼 지고기 양념에 재운 건지 확인해 보라고 해?"

이번에는 둘이 동시에 움찔했다. 남자는 잠시 고민하는 표 정을 짓더니 주먹을 휘둘러왔다.

"어디 한 번 맞고서도 그럴 생각이 드나 보자!"

"아서라. 다친다."

"이 악물어!"

남자가 크게 휘두르는 주먹을 뒤로 고개를 젖혀서 피한 수현은 먹던 꼬치를 역수로 잡았다. 그리고 번개처럼 내리 찍었다.

콰직!

"아아아악!"

얇은 나무 꼬치가 금속 장갑을 관통했다. 당연히 그 안에 있던 남자의 손도 무사하지는 못했다. 고통에 남자는 데굴데굴 굴렀다.

"내 손! 내 손!"

"엄살떨지 마. 염동력으로 친 거니까 뼈나 살은 안 다쳤어."

얇은 나무 꼬치였지만 평범한 찍기는 아니었다. 수현의 초능력이 결합되어 있었던 것이다.

초능력.

카메론 행성의 이종족들이 인간과 다르다는 걸 발견했을 때, 인류는 그들이 어떻게 다른지 궁금해했다. 그러던 도중 발견된 게 초능력이었다.

각성하는 조건도, 나타나는 초능력도 모두 불규칙적이고 다양했지만 일단 각성하기만 한다면 그 사람은 초능력을 쓸 수 있었다.

처음에는 이종족에게만 일어나는 현상인 줄 알았지만 몇십 년이 지나고 이 행성에서 지내는 인류에게서도 그 현상은 일어났다. 지금은 이 카메론 행성의 환경 때문이라는 가설이 정설로 받아들여졌다.

그리고 수현도 초능력자였다. 염동력 능력자. 작은 돌 하나를 옮길 정도라 그렇게 실용적이지는 못 했지만 수현은 다양하게 응용해 왔다.

꼬치같은 부러지기 좋은 물건에 순간적으로 염동력 막을 씌우는 것도 그 방법 중 하나였다.

끝은 뭉툭하고 본체는 단단하게. 덕분에 장갑을 관통당했다고 구르는 남자도 정작 손이 다치지는 않았다.

"이렇게 아픈데……?"

"살살 쳤다니까. 그리고 지금 네가 나한테 그렇게 물어볼 처지냐? 방금 나 죽일 기세로 주먹 휘두르지 않았어?"

"아, 아하하. 그게…….."

남자는 눈을 데굴데굴 굴렸다. 지금 상황은 좋지 않았다.

고기는 진짜 고기가 아니었으니 경찰이 와서 상황을 묻는다면 당연히 사건의 발단까지 흘러가서 발각될 것이고, 거기까지 가지 않더라도 지금 눈앞에 있는 놈은 충분히 무서워 보였다.

'나보다 한 수 위인 건 확실한데 거기에 초능력자라니…….'

남자는 주저앉은 채로 어색한 웃음을 흘리며 주변을 둘러보았다.

빠져나갈 구멍을 찾아보려는 궁색한 동작이었다. 그걸 본 엘프는 급히 손을 내저었다.

"나. 모릅니다. 저 사람."

"야!"

배신당한 남자는 억울한 목소리로 소리쳤다.

"그만해라."

뚝―

수현의 말에 두 사람의 입이 자동으로 다물어졌다.

얼마 전만 해도 치열한 전장에서 생사를 넘나들며 강력한 몬스터와 맞서 싸우고, 각국의 첩보 부대를 상대로 위험한 비밀 작전을 수행해 왔다.

그런데 지금은 두 뒷골목 멍청이들이나 상대하는 처지. 수현은 문득 스스로가 한심해졌다.

'아니, 배부른 생각하지 말자. 몸이 멀쩡해진 것만으로도 감사해야지!'

몸이 멀쩡해졌다는 것이 가장 기뻤지만 과거로 돌아왔다는 사실도 중요했다.

수현은 이 이점을 최대한 활용할 생각이었다. 돌아오기 이전처럼 군에 들어가 청춘을 다 보내며 희생할 생각은 조금도 없었다.

'그러기 위해서는 첫발을 내디뎌야지.'

척―

수현이 손을 내밀자 엘프는 눈을 동그랗게 떴다.

"돈 내놔."

"……."

물론 돈은 다시 받고. 사기를 당하고서 그냥 갈 생각은 조금도 없었다. 엘프는 시무룩한 표정이 되어 수현이 준 지폐를 다시 돌려주었다.

"다 줄 필요는 없어."

"……?"

"돼지고기 꼬치라면 이 정도는 할 테니까. 이것만 받으라고. 충분히 맛있으니까 어스 드래곤 고기라고 사기 치지는 말고. 모르는 놈들은 그냥 먹겠지만 잘 아는 사람들은 먹는 순간 바로 눈치를 챌 거야. 저 멍청한 놈 하나 믿고 그런 사기 치다가는 제 명에 못 죽을걸."

"친절한 인간. 좋아요. 고마워요."

"그래. 엘프 양반……. 그러고 보니 이름이?"

"프란조. 프란조라고 부르세요."

"저놈은?"

"주한성."

"모른다며?"

"아!"

엘프는 입에 손을 가져다 댔다. 간단한 유도 심문에 바로 걸린 그를 보며 수현은 고개를 저었다.

"역시 사기에도 재능은 없군. 그냥 돼지고기 꼬치나 팔아.

그게 오래 사는 길이니까."

수현은 더 이상 말하지 않고 돌아서서 가버렸다. 그의 뒷모습을 보며 두 남자는 멍하니 있다가 서로를 쳐다보았다.

"뭐하는 놈이지?"

"글쎄?"

"잠깐, 너 이 자식. 날 팔아?!"

"살 사람. 살아야 함!"

호기롭게 군을 뛰쳐나왔지만, 수현은 군인이 아닌 자신의 모습을 상상할 수 없었다.

부모님부터가 직업군인이었고, 어렸을 때부터 카메론 행성에서 일하는 군인이 되리라고 생각하며 자라왔으니까. 실제로 이전 생에서는 폐인이 되기 전까지는 계속 군에서만 지내지 않았던가.

수현은 군인 말고 다른 직업을 가질 자신이 없었다. 그가 쌓아 올린 경험과 능력들은 군인에 맞춰진 것이었지 다른 직업에서는 그다지 쓸모가 없었다.

다행히 이 카메론 행성은 쓸 만한 전투원에 대한 수요는 아주 넘쳐나도록 있는 곳이었다. 그리고 수현은 스스로의 능력에 대한 자부심이 있었다.

십 년이 넘는 세월 동안 단련된 전투 경험. 그동안 얻은 카메론 행성에 대한 정보까지. 잘 활용만 한다면 무궁무진한 가치가 있을 것이다.

"찾았다."

원하던 목적지에 도착한 수현은 예상외로 허름한 건물의 외관에 얼굴을 찌푸렸다.

'이거 왜 이래?'

엉클 조 컴퍼니. 수현의 기억 속에 있는 PMC(민간군사기업) 중 하나였다. 현대의 조직화된 용병 기업.

차원문이 열리고 카메론 행성이 발견되고 나서 가장 흥한 사업이 있다면 바로 이 PMC 사업이었다.

예전 금광이 발견되고 나서 일어난 골드러시처럼, 용병들은 일확천금의 꿈을 꾸고 카메론 행성으로 달려들었다.

그렇게 된 데에는 이유가 있었다. 카메론 행성으로 들어가는 차원문의 위치는 북한.

그 지역으로 군대를 접근시킬 수 있는 나라는 한정적일 수밖에 없었다. 몇 개국을 제외한 나라는 군대를 보낼 권한도 가지고 있지 않았다.

거기에 군대는 카메론 행성을 탐험하고 개척하는 데에는 적합하지 않았다.

이미 개발된 도시의 치안을 유지하는 것만으로도 벅찬데 거기에 미개척지를 확인하고 진출하는 임무까지 떠넘기는 건 무리였다.

게다가 카메론 행성의 환경은 보통 위험한 게 아니라 진출하는 과정에서 전투 소모율이 어마어마했다.

개발 과정에서 군인들의 사망과 함께 대규모 시위가 일어나고서야 군 단위의 진척은 일단락되었다.

그러나 여전히 카메론 행성은 기회의 땅. 아무리 위험이 있더라도 그 안에 있는 것들을 원하지 않는 사람들은 없었다. 사람들은 다른 방법을 찾았다.

그 다른 방법으로 떠오른 것 중 하나가 PMC였다. 전문화된 용병들.

이익관계로 움직였기에 작전 도중 사고가 일어나도 군인이 사망하는 것보다 훨씬 뒤처리가 간편했다.

자원의 위치를 찾고서 개발하는 동안 호위를 원하거나, 새로운 자원의 위치를 찾는 동안 호위를 원하거나, 그 외에도 PMC의 수요는 넘치도록 많았다.

수현처럼 싸움밖에 할 줄 모르는 사람이 이 행성에서 출세하기 위해서 가장 쉬운 방법은 PMC에 들어가는 것이었다.

가지고 있는 정보를 활용하려고 하더라도 무언가 기본적으로 갖추고 있는 게 있어야 하지 않겠는가.

엉클 조 컴퍼니는 수현이 군에서 일할 때 들은 적이 있었던 PMC였다.

카메론 행성에서 일하고 있는 PMC의 숫자는 셀 수 없을 정도였고, 그만큼 편차가 컸다.

어떤 곳은 거의 대기업처럼 규모를 갖추고 일했지만 어떤 곳은 채 열 명도 안 되는 숫자로 건물도 없이 일했다.

'엉클 조 컴퍼니. 분명 사장이 엄청난 수완가라고 들었는데……?'

엉클 조 컴퍼니에 대해 수현이 들은 정보는 얼마 되지 않았지만 강한 인상을 남겨주기에는 충분했다.

사장이 엄청난 수완가임에도 관계자들에게서 나쁜 평가를 받지 않는다고.

용병이라는 것은 더럽게 행동하려면 얼마든지 더럽게 행동할 수 있는 직업이었기에 수현은 그 말이 신기했다. 수완이 좋다는 것과 주변에게서 괜찮은 평가를 받는 걸 양립하다니.

그렇다면 사장이 능력 있는 호인이라는 소리 아닌가. 그것 때문에 수현은 발걸음을 여기로 옮긴 것이다.

그의 능력을 활용하려고 하더라도 질 나쁜 곳에 들어간다면 농담도 되지 못했다.

재수 없을 경우에는 그대로 뺏길 수도 있었다. 이런 업계였기에 오히려 인성이 더 중요했다.

'아니, 아무리 그래도. 이건 너무……?'

카메론 개발 초기에 지은 건물을 그대로 쓰고 있는 건지, 불안해 보일 정도로 낡아 보였다. 순간 수현은 그가 잘못 찾아온 게 아닐까 하는 생각이 들었다.

낡은 철문은 열자 끼익거리는 거슬리는 소리를 냈다.

안은 그래도 깔끔하게 단장이 되어 있었다. 낡은 겉모습과는 확실히 달랐다.

"누구세요?"

"아. 엉클 조 컴퍼니 아닙니까?"

"맞는데요."

"여기 들어오려고 찾아왔습니다."

"자리가 없습니다만?"

"네? 자리가 없다고요?"

카메론 행성에서 일하는 용병의 숫자는 언제나 부족했다. 잘만 풀린다면 거액을 움켜쥘 수도 있지만 그만큼 위험했던 것이다.

불규칙한 환경에, 지구의 상식에 익숙해진 사람들은 도저히 상상할 수 없는 몬스터들까지. 싸울 수 있는 사람은 많으면 많을수록 좋았다.

여기 엉클 조 컴퍼니가 잘나가는 회사라면 이미 검증된 용병들을 대거 확보하고 있다는 설명이 가능했지만 겉으로 보기에는 절대로 아니었다.

"정말요?"

"정말이라니까요. 애초에 사람 뽑겠다고 올리지도 않았는데, 어떻게 보고 오신 거예요?"

"그건 그렇긴 하지만, 용병 자리는 언제나 남는 편 아닙니까?"

"네? 용병이요?"

데스크에 앉아 있던 여성은 수현의 말을 듣고 눈을 깜박이더니 수현의 위아래를 훑어보았다.

수현의 모습은 허름하다는 걸 빼고는 딱히 특징이 없었다. 당연히 경험 많은 군인으로 보이지는 않았다. 20대 초반이라는 나이는 어디에서든지 신참으로 취급받는 나이지, 경험이 많다고는 생각될 수 없는 나이였다.

"용병이야 언제나 구하기는 해요."

"자리 없다고 한 건 뭐였습니까?"

"그건 당연히 사무직 말하는 줄 알았죠. 사무직은 자리가 없거든요."

"사무직으로 일할 생각은 조금도 없었습니다. 그래서, 용병은 자리가 있다고요?"

"자리가 있긴 한데, 음……. 괜찮으시겠어요?"

수현은 피식 웃었다. 무슨 의미로 묻는 건지는 알 수 있었다. 위험한 자리인 만큼 그만한 각오가 되어 있냐는 질문이었다.

보상이 보상이다 보니 아무것도 모르는 애송이들이 찾아가서 일하겠다고 하는 경우도 종종 있었던 것이다.

물론 수현은 그런 애송이와는 차원이 달랐다.

"무슨 일이야?"

둘이 이야기하는 것이 들렸는지, 안쪽의 방에서 40대 정도 되는 남자가 걸어 나왔다.

덥수룩하게 수염을 기르고 머리는 자르지 않아 지저분해 보였다. 어딘가 허술해 보이는 남자였다. 그는 수현을 보고 사무원에게 고개를 돌렸다.

"누구야?"

"새로 용병으로 들어오겠다는 사람인데, 좀……."

'좀 믿음직스럽지 않아 보인다'가 생략되었다는 건 수현도, 남자도 느꼈다. 남자는 턱을 긁적이며 물었다.

"용병을 하겠다고?"

"예."

"경력은? 어디서 일한 적은 있나?"

'잠깐, 그러고 보니…….'

질문을 받은 수현은 그제야 지금 그의 경력이 엉망이라는 것을 깨달았다.

저번 생에서야 일반 병사로 들어가서 특수부대 지휘관까지 올라갈 정도로 성공 가도를 달렸지만, 지금은 그런 게 하나도 없었다.

수현이야 스스로의 능력을 알고 자신감이 있지만 다른 사람들은 말해봤자 명확한 증거가 없다면 믿어주지 않을 것이다.

"없습니다."

"없다고? 여기 무슨 일 하는지는 알아? 그런데 무슨 배짱으로 찾아왔어?"

"한국군에서 기본적인 훈련은 받았습니다만."

듣던 중에 그나마 괜찮은 정보였다. 그렇게 생각하며 남자는 고개를 끄덕거렸다.

"잠깐, 그런데 왜 여기 있어? 몇 살이지? 아무리 나이를 잘 잡아줘도 지금쯤이면 신병으로 빡세게 구르고 있어야 하지 않나? 제대를 벌써 했을 리는 없을 테고."

"훈련소에서 말대답했다가 쫓겨났습니다."

"뭐? 푸하하하하핫!"

남자는 박장대소했다. 눈가에 눈물이 고일 정도로 웃어 재끼던 남자는 간신히 호흡을 되찾고서는 수현을 훑어보았다.

전체적으로 애송이라는 느낌이 팍팍 왔지만, 체격은 좋고 단련은 확실하게 되어 있었다.

거기에 지금 그들은 인력이 한참 부족한 상황이었다. 좋고 나쁘고를 가릴 때가 아니긴 했다. 경험 없는 신병이라도 단련시켜서 쓸 수 있다면 오히려 더 좋을지도 몰랐다.

　"말대답했다가 쫓겨났다니. 그건 마음에 드는군. 우리 이건 확실하게 하자. 다른 문제가 있어서 쫓겨난 건 아니지? 그런 거 숨겼다가 나중에 밝혀진다면 서로 곤란해질 거야."

　"그런 건 아닙니다. 정 못 믿으시겠다면 가서 조회 신청하셔도 상관없습니다만."

　"좋아. 그런 거라면 상관없어. 아무것도 모르는 초짜지만 기본적인 군사 훈련은 받았을 테고, 좀 굴리다 보면 쓸 만해지겠지."

　"아빠, 진짜로 이 사람을 용병으로 쓰게요?"

　"왜? 뭐가 어때서. 성인이 자기 의지로 결정한다는데 말릴 이유가 뭐가 있나. 이봐. 이름이 뭐지?"

　"김수현입니다."

　"나는 조승현이야. 여기 엉클 조 컴퍼니의 사장이다. 얘는 내 딸 조승아. 사무 관련해서 일은 다 얘가 하고 있다고 보면 돼. 다른 용병들은 저 옆 건물 숙소에서 묵고 있어."

　자잘한 정보들. 별로 관심이 가는 정보는 아니었다. 수현은 고개를 끄덕였다. 아무리 봐도 지금 엉클 조 컴퍼니는 작은 회사였다.

그가 알고 있는 정보와 엮어서 생각해 본다면, 이후 조승현이 수완을 발휘해서 이 회사를 크게 성장시켰다는 말이 됐다.

'상상이 안 가는데?'

아무리 봐도 겉모습은 허술한 아저씨였다. 이런 인간이 엄청난 수완가로 불리다니. 믿겨지지 않았다.

"나는 같이 일하는 사람을 속이지 않아. 그래서 일을 시작하기 전에 다 말을 하고 시작하지. 무슨 소리냐 하면, 우리 회사가 하는 일이 그렇게 만만한 일이 아니라는 거야. 가끔 보면 돈이 된다는 말만 듣고 몸 하나 가지고 와서 일하겠다고 하는 놈들이 있는데, 그런 놈들은 보통 3일 안에 도망치거든?"

"도망치지 않겠다는 각서라도 써드릴까요?"

"그건 필요 없어. 도망칠 거면 도망쳐도 별 상관없거든. 작전 도중만 아니라면. 작전 도중에 도망치면 내가 널 직접 찾아서 목을 졸라주마. 어쨌든 내가 하고 싶은 말은! 들어오기 전에 네가 어디에 들어오는 건지 확실히 알고 들어오라는 거다. 나중에 질질 짜지 말고."

"엉클 조 컴퍼니. 카메론 행성에서 활동할 권한을 받은 PMC로, 위에서 떨어지는 각종 의뢰를 받고서 활동하거나 단독적으로 미개척지에 가서 위험한 걸 처리하고 돈이 되는 걸 찾는 일 아닙니까?"

조승현의 표정이 살짝 변했다.

'이놈 봐라?'

그는 겁을 주듯이 정보를 늘어놓았다.

"죽을 수도 있어. 사실, 정말 많이 죽지. 팔다리 하나 날아가는 건 차라리 운이 좋은 경우고."

"사람은 누구나 죽죠. 언제, 어떻게 죽느냐가 문제지."

수현에게는 하품이 나는 소리였다.

"겁이 없는 건지, 겁이 없는 척하는 건지는 모르겠지만. 어쨌든 죽을 수도 있는 위험한 일이라는 건 알고 있는 거겠지?"

"예."

"좋아. 거짓말이든 아니든 넌 성인이고, 난 개인의 의지를 존중하지. 네가 그걸 확실히 알고 찾아온 거라고 하니 널 고용하겠다. 아! 그리고 우리 회사 고용 정보는 어디서 보고 왔냐? 광고도 안 하고 있었는데."

"사이트 어디에서 봤는데, 기억이 잘 안 나네요."

"그거 올린 지도 한참 됐을 텐데, 용케 그걸 보고 왔군. 맞다. 하나 더 말해주는 걸 잊을 뻔했군. 우리 회사는 작다. 소대급 대원밖에 없지. 그걸 알고서 찾아왔다는 건 너도 그럴 만한 사정이라는 거겠지?"

어리고, 군 경험도 없는 신인을 잘 대해줄 만한 곳은 그렇게 많지 않았다. 잘못해서 질이 나쁜 곳에 들어갔다가는 총알받이로 죽는 수가 있었다.

수현은 만약 경험 없는 신인이 일하고 싶다고 말하면 군이나, 아니면 작은 업체를 추천할 것이다.

군은 그나마 가장 안전하게 신참들을 다뤘고 작은 업체는 인원이 아쉬운 만큼 신참을 소모품으로 대하지 않았다. 물론 절대적인 것은 아니었지만.

"예."

"좋아. 다 알고 있다니 더 이상 해줄 말이 없군. 계약서는 승아가 줄 거고. 맞다. 묵는 건 어떻게 할 건가? 신참이고 하니 숙소에서 같이 묵으면서 팀원들과 좀 친하게 지내면 좋겠는데."

"숙소가 있다면 그럴 생각이었습니다."

어차피 군에 들어갈 생각이었기에 예전에 묵었던 숙소도 나온 상태였다. 다시 근처의 숙소를 잡기에는 돈이 아까웠다. 공짜로 숙식을 제공해 준다는데 거절할 이유가 없었다.

"시원시원하군? 응?"

"계약 조건은 어떻게 됩니까?"

"계약서 보면 알겠지만 우리는 중소업체야. 무슨 소리인지 알지? 대형 PMC처럼 하나부터 열까지 다 보장해 줄 수가 없다고. 기본적으로 월급이 들어가지만, 주는 인센티브야. 한 건 해결할 때마다 돈이 들어가는 거지. 그리고 장비값도 월급에서 깐다. 그거 모르는 놈도 있으니까 꼭 확인하고."

규모가 있는 대형 PMC는 주기적으로 들어오는 일이 있고 자금이 충분했기에 질 좋은 인원들로 팀을 짜고 그 인원들에게 안정적인 대우를 약속해 주는 게 가능했다.

　그러나 규모가 작은 PMC는 당장 일이 아쉬운 처지였다. 계속해서 일을 받지 않는다면 바로 회사의 자금줄이 막혔다.

　이런 곳은 아무 일도 안 할 경우 대원들에게 돈을 넉넉하게 줄 수 있지 않았다.

　그래서 계약을 주로 인센티브 위주로 했다. 기본적으로 받는 돈은 적지만, 들어오는 일을 해결할 때마다 그 건에서 얼마씩을 받아가는 형태였다.

　"괜찮겠어? 고민되면 가서 좀 더 생각해 보고 와도 괜찮다."

　이렇게 일일이 짚어준다는 점에서 조승현은 근본이 똑바로 된 사람이었다.

　수현은 나중에 그가 좋은 평가를 받는 이유를 조금은 알 것 같았다.

　"괜찮네요."

　"너 제대로 읽고서 생각하는 거 맞지?"

　조승현은 수현이 너무 시원시원하게 대답하자 믿음직스럽지가 않아서 투덜거렸다. 그러나 수현에게는 오히려 좋은 조건이었다.

　일한 만큼 가져간다.

그런 조건이라면 누구에게도 지지 않을 자신이 있었다.

"예."

"좋아. 앞으로 잘 부탁하지. 서로 좋게, 오래 가는 사이가 되자고. 악수!"

두 남자는 굳게 악수했다. 조승현은 제법 힘을 줘봤지만 수현이 꿈쩍도 하지 않자 씩 웃었다.

"그러면 숙소를 안내해 주지."

"신병 받아라!"

"……."

"이거 썰렁하군. 원래 사교성 없는 놈들이 모이긴 했어. 그래도 다들 쓸 만한 놈들이니까 알아서 열심히 배우라고. 네가 머무를 방은 저기 위야. 2인 1실. 네가 같이 지낼 사람은…… 고르간이군."

"고르간? 이름이 특이한데요."

"응. 오크야. 괜찮겠나?"

"상관없긴 합니다만."

"역시 젊어서 좋군. 쓸데없는 편견이 없잖아?"

오크. 원래는 판타지 소설이나 영화에서 나오는 종족이었지만 엘프처럼 카메론 행성에서는 실제로 있는 종족이었다.

신비한 능력을 가지거나 하지는 않았고 그저 외형적인 모습이 차이의 전부였지만, 그럼에도 편견을 가진 사람이 없지는 않았다.

수현도 몇 번 본 적 있었다. 오크들은 신체 능력이 대체적으로 뛰어났고 성격이 직선적인 편이라서 군 장교들 사이에서는 호평을 받았다.

인간들 사이에서 용병으로 일하는 오크는 그다지 드문 모습이 아니었다.

지금 둘은 숙소의 1층에 있었다. 소파와 탁자, TV와 컴퓨터 등 간소한 편이지만 대원들의 편의를 위한 장소라는 건 바로 알 수 있었다.

이 자리에도 대원들 몇몇은 있었지만 그들은 수현과 조승현을 멀뚱멀뚱 쳐다보기만 할 뿐 아무런 말도 하지 않았다.

"내가 설명하는 것보다는 우리 팀장이 설명해 주는 게 낫겠지. 이소희 어디 갔어?"

"운동하고 있을 겁니다."

"가서 불러와."

"아. 진짜……."

"내가 사장이지 네가 사장이냐? 안 뛰어?"

"아오, 씨……."

비스듬하게 누워있던 남자는 투덜거리며 자리에서 일어섰다. 밖으로 나가는 그를 보며 조승현이 말했다.

"저놈은 김창식. 성격 괜찮은 놈이니까 친하게 지내라."

'그러고 보니 이 멤버는 어디서 구한 거지?'

대형 PMC야 시작할 때 여러 거대 자본이 끼지만 중소 규모의 PMC는 개인적으로 아는 사람들끼리 모여서 시작하는 경우가 많았다.

당연히 일하는 분야가 일하는 분야인 만큼 모인 사람들은 관계자인 경우가 대부분이었다.

이 엉클 조 컴퍼니도 조승현이 아는 사람들을 모아서 시작했을 가능성이 컸다.

조승현이 군인으로 일했을 때 아는 사람이거나, 용병으로 일했을 때 아는 사람이거나, 그도 아니면 관련 업체의 사람으로 일했을 때 아는 사람이거나…….

"무슨 일입니까?"

"신입 받으라고."

"신입? 여기에 말입니까?"

"야. 너까지 그러면 안 되지!"

들어온 건 목까지 오는 단발을 한 여성이었다. 방금까지 운동을 하고 있었는지 얼굴이 땀에 젖어 있었다. 수현은 그녀가 만만치 않은 실력자라는 걸 직감했다. 겉모습부터 시작해서 걷는 자세까지, 빈틈이 하나도 보이지 않았다.

"속인 거 아니죠? 급하다고 같이 등 맞대고 일해야 할 사람 속여서 고용하면 나중에 문제 생기는 거 아시잖아요."

"안 속였어! 다 설명했다고."

"제대로 설명하셨어야죠. 애들 장난하는 거 아니잖습니까."

"아니, 애가 무슨 십 대 꼬맹이도 아니고, 내가 더 어떻게 설명해? 위험한 거 설명했고 어떤 조건으로 일하는지 설명했고. 그런데도 하겠다는데 뭐 어쩌라고?"

조승현은 억울하다는 듯이 가슴을 탕탕 쳤다. 이소희도, 김창식도. 그를 수상하다는 듯이 쳐다보고 있었다.

"어쨌든 계약서 다 썼으니까 알아서 설명하고, 알아서 써먹게 만들어 놔. 다음 일 나오기 전까지 잘 해보라고."

"다음 일 언제 들어오는데요?"

"몰라. 지금 하나 들어와서 교섭하고 있는데, 잘되면 다음 주고 꼬이면 다음 달이고……. 그건 내가 알아서 할 테니 너희들은 너희 일을 하라고!"

"네. 네. 알겠습니다."

조승현과 다른 이들의 관계는 꽤나 친밀해 보였다. 수현은 그들이 서로 알고 있는 사이에서 같이 일을 시작했다는 걸 알 수 있었다.

속임수 없는 사장에, 유대감 있는 동료들. 괜찮은 곳이었다. 성장할 기회만 생기면 곧바로 올라갈 수 있는 곳. 나중에 이름을 날리는 이유가 있었다.

조승현이 나가자 이소희는 난감하다는 표정을 지으며 수현을 쳐다보았다. 얼굴을 봤을 때 훈련을 받았어도 기껏해야 몇 년이 안 됐을 것 같은 신병이었기 때문이었다.

"어디서 일한 경험이 있습니까?"

"훈련소에서 기본적인 훈련은 받았습니다."

"그거 말고는 없고요?"

"옙."

사실 10년 넘게 카메론 행성의 오지에서 구르며 온갖 경험을 다 해봤다고 말하고 싶었지만, 그걸 말해봤자 아무도 믿어주지 않을 테니(덤으로 정신병자 취급받으며 쫓겨날 수도 있었다)수현은 입을 다물었다.

"음……. 알겠습니다. 같이 일하게 됐으니, 잘해봅시다. 저는 이소희입니다. 앞으로 일할 때 자연스럽게 알게 되지만, 제가 팀장입니다. 군사 훈련을 받았다고 하니 말하는 겁니다만, 밖에서도 안에서도 팀장이 공식 명칭입니다. 팀장이라고 부르세요. 소대장이나 그런 표현은 쓸 필요 없습니다. 우리는 군이 아니니까요."

"알고 있습니다."

2장
새로운 시작(2)

카메론 행성에서 일하는 PMC들은 최대한 군과는 다른 모습을 보이려고 애썼다. 실질적으로는 크게 차이가 없을지라도. 명칭도 그중 하나였다.

소대급 대원이 전부인 이 회사에서 팀장이라는 건, 눈앞의 여자가 현장에서의 전권을 가지고 있다는 걸 의미했다.

어디로 움직이고 어디에서 멈출지, 만약의 상황이 벌어졌을 때 싸울지 후퇴할지.

많이 쳐도 20대 후반으로밖에 보이지 않는 사람이었는데 팀장을 맡고 있다는 건 수현보다 더 빨리 전장에 뛰어들어 경험을 쌓았다는 것을 의미했다. 여러모로 대단한 사람이 분명했다.

"이쪽은 김창식 대원."

"여."

능글맞아 보이는 30대의 남성이 손을 흔들며 가볍게 인사했다.

"다른 사람들은 차차 알아가면 될 겁니다. 지금 인사하겠다고 불러봤자 짜증만 낼 테니까요. 질문 있습니까?"

"없습니다."

"좋습니다. 일 생기면 호출이 들어올 테니 그때까지는 알아서 자유롭게 시간을 보내면 됩니다. 그렇지만 그쪽은 신참인 거 같은데, 원하신다면 적응을 하는 데 도와드릴 수 있습니다."

김창식은 질린 표정을 지었다. 이소희가 사람을 얼마나 지독하게 굴려대는지 잘 알고 있었기 때문이었다.

그리고 수현도 다시 기초 훈련을 받고 싶은 생각은 조금도 없었다.

"전 괜찮습니다만."

"그렇습니까? 알겠습니다."

그걸 본 김창식이 작은 목소리로 수현에게 말했다.

"이봐. 그냥 도와달라고 하는 게 좋을걸."

"쓸데없는 소리 하지 마십시오. 그러면 저는 제 일 하러 가보겠습니다."

이소희는 가볍게 인사하고서 밖으로 나가 버렸다. 수현은 김창식을 보며 물었다.

"왜 그냥 도와달라고 하는 게 좋다는 겁니까?"

"이소희 팀장님이 예의 바르게 보여도 일에는 엄격하거든. 만약 평상시에 열심히 배워 두면 실전에서 멍청한 짓을 해도 조금은 넘어가 주겠지만 그냥 있다가 멍청한 짓을 하면 욕을 제대로 먹을걸."

"그건 걱정은 안 하셔도 됩니다."

"그래? 욕먹는 걸 좋아하나?"

수현은 대답 대신 피식 웃었다. 노련하다고 해봤자 그의 경험과 비교하면 새 발의 피 정도나 될 사람들이 고참 행세를 하는 게 웃겼기 때문이었다.

그러나 김창식은 수현의 웃음을 다른 의미로 해석한 모양이었다. 그는 수현에게 겁이라도 주려는 것처럼 짐짓 진지한 목소리로 말했다.

"아직 실감이 안 나서 우습게 보는 모양인데, 나중에 후회하지나 말라고. 팀장님은 일 관련해서 정말로 불같다니까. 만약 잘못하면 훈련병 때 욕먹었던 건 비교도 안 될 정도로 호되게 당한다?"

"알겠습니다. 나중에 당하게 되면 그때 죄송하다고 하죠."

"신입다운 맛이 없군. 어쨌든 난 경고했다."

김창식은 양손을 들어 올리더니 다시 소파로 걸어가서 누워 버렸다. 수현은 위층에 있는, 그에게 배정된 방으로 향하려다가 잠깐 발걸음을 멈추고서는 물었다.

"그리고 보니 여러분들은 어떻게 모인 겁니까?"

"응?"

"이런 회사가 시작할 때면 보통 시작 멤버가 있잖습니까. 최소 인원도 안 모으고 그냥 사람을 모으는 사장은 없을 테니까요."

"너 신입 주제에 되게 예리하다?"

소파에서 누워 있던 김창식은 수현의 물음에 자세를 똑바로 하고 앉았다. 그가 보기에 수현은 신병이 딱 어울리는 애송이였다.

선이 굵은 미남형이긴 했지만 아직 앳된 기가 가시지 않아 경험과는 거리가 멀어 보였던 것이다.

그런 수현이 이런 질문을 던진다는 게 신기했다.

"예민한 질문이라면……."

"아니, 별로 숨길 사실은 아냐. 그냥 아무나 잡고 물어봐도 말해 줄걸. 나도 군대에서 일하고 있었어. 한국군."

"그러셨습니까?"

"난 너처럼 훈련병에서 쫓겨나지는 않았거든? 어쨌든 그렇게 일하고 있었는데, 알다시피 월급이 좀 짜잖아. 똑같이 고생을 하는 용병 놈들은 그 몇 배를 챙겨 가는데."

위험성부터 시작해서 이야기하자면 끝이 없었으니 수현은 굳이 그의 말에 참견하지 않았다. 김창식이 그런 걸 모르지는 않았을 것이다.

"그때 사장님이 제안을 한 거지. 같이 일하자고. 계산기 몇 번 두드리고 바로 오케이했어. 뭐든 간에 군인으로 일하는 것보다는 낫겠더라고. 사장님이 못 믿을 사람도 아니고."

"상관이었습니까?"

"아. 아니, 그때 사장님은 군산업체에서 일했었어. 거기서 유명했지. 무기 상인으로. 한국군 말고 다른 쪽에서도 여러모로 인맥이 있을 거야. 나 말고 다른 대원들도 다 이런 식으로 데려온 걸걸? 수용 형은 같이 일한 적은 없었지만 한국군 소속이고, 이소희 팀장님은 여러모로 유명했지. 엘리트 중의 엘리트라고. 나도 저 사람이 여기로 올지는 몰랐는데. 이유야 모르겠지만 오더라고. 아마 사장님이 설득했겠지. 그런 건 기가 막히게 잘하는 양반이니까."

"다른 대원들은요?"

"나도 그렇게까지는 말 안 붙여봤어. 궁금하면 네가 물어봐. 멤버 신상 명세 일일이 파악하고 있는 건 사장님 정도라고. 돈 벌려고 모였으니 일만 하고 돈 받아가면 되지 왜 캐묻고 그래?"

"팀워크가 중요하잖습니까."

"팀워크는 무슨, 까라면 까고 말라면 말면 되는 거야."

실없는 대화 같았지만 수현은 많은 것을 알 수 있었다.

역시 이 팀은 사장인 조승현이 개인적인 인맥으로 모은 팀이었다. 몇몇은 서로 안면이 있는 것 같았지만, 모두가 서로 아는 건 아니었다.

'모인 지 별로 안 되었나 보군.'

애초에 신규 업체인 게 티가 날 정도였으니만큼, 모여서 실전 경험을 한 경우가 적다고 해도 놀랍지는 않았다. 이 팀원들에게서는 결속감이라는 게 느껴지지 않았다.

'정말 초창기 중에 초창기 때에 들어온 거 아냐?'

인원이 모자란 상황이니 제대로 된 테스트도 하지 않고 통과할 수 있었지만, 이쯤 되자 살짝 불안해졌다.

물론 사장인 조승현은 분명히 안목이 있는 사람 같았다. 어중이떠중이들을 모으지는 않았을 것이다.

그렇지만 뛰어난 놈들을 한곳에 모아둔다고 뛰어난 팀이 되는 건 아니지 않은가.

그런 팀은 평소에는 티가 나지 않지만 긴급한 상황이 닥쳐오면 본색을 드러내기 마련이었다.

'에이, 됐다. 벌써부터 뭘 걱정이냐. 이 정도 인원이면 어차피 그렇게 위험한 곳으로 가지도 않을 텐데.'

규모가 규모다 보니 쉬운 임무 위주로 활동하게 될 것이고, 그렇게 진행하다 보면 팀의 결속감은 자연스럽게 생기게 되어 있었다. 그렇게 생각한다면 이런 시기에 들어온 건 오히려 행운일 수도 있었다.

덜컥-

"······."

"잘 부탁해. 오늘부터 같이 지내게 된 김수현이다."

"고르간. 잘 부탁한다. 인간."

근육질의 덩치에, 무뚝뚝하고 낮은 음성. 그리고 가장 특징적인 녹색 피부. 전형적인 오크였다.

고르간은 오크 중에서도 꽤나 좋은 체격을 가지고 있었다. 수현도 어디 가서 체격으로 밀리지는 않았지만, 고르간은 수현보다 적어도 머리 하나는 더 큰 것 같았다.

그는 사각형의 방패를 헝겊으로 닦고 있었다. 은색이었지만 은은 아니었다.

조금 더 깊숙하고 무거운 색이었다. 다른 사람들은 그저 특이한 색이라고 넘어갔거나 알루미늄이나 강철이라고 착각했겠지만, 수현은 아니었다. 그 정체를 바로 알아볼 수 있었다.

"알타라늄? 알타라늄을 제련해서 만든 방패인가?"

순간 고르간의 어깨가 움찔하고 떨렸다. 그는 방패를 닦던 손을 멈추고서는 자리에서 일어섰다.

"어떻게 알았지?"

"어떻게 아냐니. 은이랑 비슷하지만 더 무거운 색에…….
강철이나 알루미늄이 아니고 방패로 쓸 정도면 알타라늄밖
에 없잖아."

알타라늄. 이 행성의 축복받은 자원 중 하나였다. 금속부
터 시작해서 목재, 식물, 동물까지. 카메론 행성은 귀하지 않
은 게 귀한 것보다 더 찾기 힘들 정도였다.

그중에서 알타라늄은 손가락에 꼽히는 희귀금속이었다.

단순히 아름답고 견고한 것뿐만이 아니었다. 알타라늄의
특징은 그 위로 쏟아지는 에너지를 흡수하는 데에 있었다.

찾기 힘들고 양이 적어서가 문제지, 방패로 만들기에는 최
적의 조건을 가진 금속이라고 할 수 있었다.

'아직 인류와 교류하지 않고 깊숙한 곳에서 따로 문명 생
활을 유지하고 있는 이종족 중에서는 귀한 신물을 가지고 있
는 이종족이 있다고 들었는데, 그런 경우였나?'

알타라늄이 아무리 희소하다고 하더라도 여기에 오랫동안
산 부족이라면 그걸로 만든 방패를 가지고 있을 수 있었다.

고르간은 수현의 반응에 명백히 경계심을 가지게 된 모양
이었다. 그는 수현을 노려보는 시선으로 쳐다보았다.

"인간 중에서 이걸 알아보는 사람은 드문 거로 아는데."

"내가 좀 안목이 높지."

"보물을 탐하는 건 언제나 그 보물의 가치를 아는 사람이고."

"아. 무슨 오해를 하고 있나 했더니. 난 그 방패에 전혀 관심이 없어. 애초에 싸울 때 내가 방패 들고 싸울 것도 아니고. 내가 아까 놀란 건 신기해서야. 방패로 만들 정도로 정제된 알타라늄을 본 적이 드물거든."

"나도 정제된 알타라늄을 본 적은 없다. 이 방패는 우리 부족에게 전통적으로 내려오던 신물일 뿐."

"딱딱하군. 그렇다면 이쪽으로 나올 때 선물로 받은 건가?"

"대충 그렇다. 관심이 없다니 오해를 해서 미안하군. 이 방패에는 손대지 않았으면 좋겠다. 소중한 물건이라서."

"걱정 마. 손도 대지 않지."

카메론 행성에서 나오는 자원에 관심을 가지는 사람들도 많았지만 거기서 나오는 전통적인 예술품이나 기념품에 관심을 가지는 사람들도 많았다.

알타라늄처럼 귀한 금속으로 만들어진 방패에, 역사적인 가치까지 들어간다면 저걸 탐내는 사람들은 수두룩할 것이다.

'경매에 붙이면 부르는 게 값이겠네.'

고르간이 수현을 경계하는 것도 이해는 갔다. 인간과 교류하는 이종족들은 기본적으로 인간을 경계했다. 그들보다 훨씬 더 강하고 거대한 문명을 구축하고 들어온 종족이었으니까. 고르간도 그가 갖고 있는 방패가 보물이라는 건 알고 있을 것이다.

그렇지만 수현이 저걸 가져가서 어디에 팔 것도 아니고, 일이 이렇게 되니 괜히 아는 척을 했다는 생각이 들었다.

'쯧. 신기한 걸 봤다고 실언을 했군.'

"그러고 보니 오크 양반."

"고르간이라고 불러라."

"그래. 고르간. 너는 어떻게 여기에서 일하게 된 거지?"

"돈."

짧지만 함축적인 의미를 담고 있는 말이었다. 수현은 피식 웃으면서 고개를 끄덕였다.

"그래. 간단해서 좋군."

행성에 진출한 인류와 교류하는 이종족들은 꽤나 숫자가 많았다.

도시 문명을 유지하면서 교류하는 이종족들도 있었지만, 부락 수준으로 유지하던 이종족들은 인류의 도시에 흘러와서 흡수되는 경우가 많았다. 그런 경우라면 이종족들도 일자리를 찾아야 했다.

육체적인 능력이 좋고, 싸움을 피하지 않는 호전적인 성격을 가진 오크들에게 이런 부류의 일자리는 궁합이 맞는다고 할 수 있었다.

그를 경계하는 오크에게 굳이 계속 말을 걸어봤자 역효과만 날 것이다.

수현은 더 이상 통성명을 할 생각을 포기하고 짐을 간단하게 푼 다음 그의 침대 위로 올라가 누워 버렸다.

'그래. 놀러 온 게 아니라 일하러 온 거니. 나한테 주어진 일만 잘하면 되지.'

사실, 지금 수현에게 가장 필요한 건 돈이었다. 부모님이 물려주신 유산은 거의 없다고 봐도 좋았다.

그가 괜히 바로 자원입대를 한 게 아니었다.

최소한 스스로 먹고살 정도의 돈은 가지고 있어야 하지 않겠는가.

'젠장. 전에 개고생해서 벌어둔 돈은 제대로 써보지도 못하고⋯⋯.'

군인으로 일할 때 받은 돈은 많은 편은 아니었지만 그래도 군인으로 일한 혜택이 있어서 먹고사는 데에는 지장이 없었다. 물론 사고를 당한 이후에는 수술비로 순식간에 돈이 날아가 버렸지만.

'쯧. 생각하니 열 받는군.'

주먹을 움켜쥐었다 피며 수현은 생각에 잠겼다. 그와 그의 부대원이 습격당한 사고는 정보가 사전에 유출된 것이 분명했다.

물증은 없었지만 그의 직감이 그렇게 외치고 있었다.

당하고 나서 불구가 되었을 때는 너무 정신이 없어서 생각이 미치지 않았지만, 지금 와서 생각해 보니 그에 대한 푸대접도 어딘가 수상했다.

그는 대중에게 알려진 작전 몇 개와 그보다 훨씬 더 많은 비밀 작전을 성공적으로 수행한 특수부대의 중대장이었다.

아무리 군이 짜고 인색하더라도 그런 식의 푸대접은 이치에 맞지 않았다.

'정보가 유출되었다고 항의한 건 멍청한 짓이었어. 입 다물고 조용히 조사를 했어야 했는데.'

수현은 그 사고는 그의 실수가 아니라, 정보가 유출되었기 때문이라고 정식으로 항의했다.

생각해 보니 그런 정보를 외부로 유출할 수 있는 사람은 어느 정도 권한이 있는 사람일 수밖에 없었다.

그런 사람이 수현의 항의를 봤다면 당연히 그를 위험 요소로 여기고 쳐내려고 했을 것이 분명했다.

만약 입 다물고 그의 실수라고 보고했다면 제대로 된 치료를 받았을 수도 있었다.

그렇지만 이제는 필요 없었다. 지금 그가 얻은 기회는 그런 기회보다 훨씬 더 강력한 기회였으니까.

'일단 돈을 벌고, 세력을 만들어서…… 조사에 들어간다.'

카메론 행성은 기회의 땅이었다. 돈과 세력이 있다면 행동의 폭에 거의 한계가 없었다.

수현이 원하는 복수도 충분히 가능했다. 물론 당하는 상대방은 이유도 모르는 채 당하는 꼴이 되겠지만.

"크하하하하하하!"

"인간. 미쳤나?"

천장에 향해 주먹을 뻗고 크게 웃어대는 수현을 보고 고르간은 별 이상한 놈을 다 보겠다는 표정을 지었다.

"일거리가 들어왔습니다!"

"……."

"왜 다들 안 웃어? 웃으라고. 좋은 일이잖아?"

"제대로 된 설명을 듣고 웃겠습니다."

"됐거든, 이소희? 넌 웃지 마. 웃으면 무서울 거 같아. 어쨌든 들어온 일을 간단하게 설명해 주지. 자원 조사다."

자원 조사. 카메론 행성의 용병들에게 들어오는 일 중 하나였다. 카메론 행성은 무궁무진한 가치를 가진 자원이 수두룩한 곳이었지만, 그렇다고 해서 아무 데나 발을 디딘다고 자원이 나오는 건 아니었다.

직접 가서 찾고 조사를 하는 과정을 거쳐야 했다.

물론 그 과정에서 자기 영역을 침범당한 몬스터와 맞닥뜨 릴 각오는 필수적이었다.

"신입, 무슨 얘기인지 알고 있나?"

조승현은 수현에게 말을 걸었다. 그는 딱히 수현에게 답을 기대하고 있지는 않았다. 이건 어디까지나 새로 들어온 그의 긴장을 풀어주고 팀원의 일부로 인식시켜주는 가벼운 대화 였으니까.

"좌표 찍힌 곳에 최대한 안전하게 가서, 탐지기로 자원이 있는지 확인하고, 길을 확보해서 돌아옵니다."

"정확해. 너 해본 적 있냐?"

조승현은 놀란 목소리로 물었다. 물론 자원 조사 정도는 알 수 있었다. 검색만 해도 어떤 일인지 바로 나오니까. 그러 나 수현이 말한 건 그 일의 핵심이었다.

보통 아무것도 모르는 사람들이 어디서 주워들은 정보로 입을 놀린다면 어떻게 자원을 찾을지 장황하게 늘어놓는 게 대부분이었다.

그러나 실제로 그런 건 그다지 중요한 게 아니었다. 자원 을 찾으면 좋은 건 의뢰주였지 용병들이 아니었다.

용병들한테 가장 중요한 건 안전이었다. 길을 확보해서 돌 아오는 건 보통 경험자가 아니면 놓치기 쉬운 점이었다.

"있…… 을 리가 있겠습니까."

"하긴. 그렇겠지. 어쨌든 신입이 포인트를 잘 집었어. 여기서 대부분이 이 일이 처음일 텐데. 정신 바짝 차리라고. 이소희 팀장이 너희를 잘 이끌어줄 거다. 아. 그리고 출발하기 전에 선물을 하나 주지."

"……?"

조승현의 말에 의문을 느낀 수현이 질문을 꺼내기도 전에, 그는 뒤로 이동해 위에 덮인 천을 들어내었다.

그러자 안에서 3m 정도 되어 보이는, 강철의 형체가 나타났다.

"짜잔! 어떠냐!"

"이걸 어디서 구한 겁니까?!"

카메론 행성의 변화무쌍한 환경과, 그보다 더 혹독한 몬스터들을 상대하면서 인류는 기존의 병기가 가진 한계를 느꼈다.

탱크는 여전히 강력했지만 좁은 지형에서 언제 나타날지 모르는 강력한 몬스터를 상대하기에는 지나치게 둔했다.

그래서 발달한 게 로봇과 강화복 산업이었다. 인간이 안에 들어가 움직일 수 있는 이족 보행 병기.

파워 아머라고 불리는 인류의 무기였다. 종류에 따라 크기와 성능, 외관도 천지 차이였지만 일단 파워 아머라는 것 자체가 강력한 무기였다. 21세기의 탱크처럼.

당연히 아무나 구할 수 있는 무기가 아니었다. 카메론 행성에서 파워 아머를 보려면 군대가 진출한 한국, 중국, 러시아, 미국의 군대 정도가 아니면 보기 힘들었다.

여기 모인 사람들은 조승현이 파워 아머를 가지고 나왔다는 사실 자체에 놀라워하고 있었다.

그러나 수현은 다른 이유로 놀라고 있었다. 그는 이 파워 아머를 잘 알고 있었다.

'이거…… '흑곰'이잖아!'

약간 낮은 무게중심에, 기계관절로 어떤 지형에서도 민첩한 움직임이 가능하고, 거기에 양팔에는 강력한 중화기까지 탑재한 파워 아머.

처음에 나왔을 때에는 이렇게 알려졌던 파워 아머였다. 그러나 수현은 이후 흑곰이 어떻게 불리는지 아주 잘 알고 있었다.

'가장 유명한 별명이 과부 제조기였지, 아마?'

한국군이 처음으로 외국 기술을 가지고 오지 않고 자체적인 국산 기술로 만들었다고 대대적으로 홍보했지만, 그 결과는 좋지 못했다.

잦은 고장에, 주 엔진은 태생적으로 설계가 잘못되었는지 오작동을 일으켜 운전자를 엿 먹이는 경우가 많았다. 실제로 흑곰을 타다가 사고로 박살이 난 파일럿이 수두룩했다.

결국 언론에 사건이 흘러나가 망신을 당하고 나서야 조사에 들어가게 되었고, 몇몇 군 간부가 뒷돈을 받고 방산비리를 저지른 것으로 밝혀져 흑곰은 퇴출당하게 되었다.

유명한 사건이었기에 수현도 기억하고 있었다.

"대장, 제가 저걸 10번도 넘게 탔었던 거 같은데……."

"불평하지 마라. 난 너보다 10배는 넘게 탔으니까."

아직도 부하들과 나눈 대화가 생생했다.

그들이 목숨 걸고 탔던 파워 아머가 언제 그들을 죽일지 모르는 관이었다는 사실이 그들을 오싹하게 만들었었다.

그런데 이렇게 다시 만나다니. 그가 과거로 돌아온 시간을 계산해 보면, 이 흑곰은 시간상 출시된 지 얼마 되지 않았다.

즉 가진 문제점이 전혀 드러나지 않은 상태라는 뜻이었다.

'미치겠군. 이걸 여기서 다시 보게 되다니.'

"와. 진짜 대단한데? 아무리 사장님이라도 그렇지 저런 걸 갖고 나올 줄이야."

옆에서 김창식이 놀란 목소리로 중얼거리는 게 들렸다. 생각해 보니 수현도 궁금해졌다.

그는 저 결함품을 다시 본 것 때문에 놀라서 넘어갔지만, 애초에 저런 파워 아머를 가지고 나왔다는 것 자체가 기겁할 일이었다.

게다가 저건 민수용도 아닌 한국군에서 개발을 맡긴 한국군의 파워 아머 아닌가.

"걱정 마. 훔친 건 아니니까. 나한테 신세를 진 한국군 관계자가 있는데, 그 대가로 한 대 받았어. 관련 서류도 깔끔하게 처리했으니까 법적으로 문제는 없다. 도색도 완전히 다르게 칠했고."

"오오……!"

'오오는 무슨 오오냐!'

다른 사람들이 파워 아머의 모습에 감탄하고 있는 동안 수현은 속으로 혀를 찼다. 걸어 다니는 폭탄을 데리고 다녀야 한다니.

물론 흑곰은 그렇게까지 폐급은 아니었다. 공식 발표가 나기 전까지는 수현도 직접 몰고서 싸운 적이 있었으니까. 일단 파워 아머는 파워 아머였다.

'자잘한 고장이 잦고 가끔씩 파일럿의 목숨을 위협하는 오작동이 터지는 게 문제였지!'

말해 봤자 사람들은 듣지도 않을 게 분명했고, 흑곰이 오작동하지 않기만을 바랄 수밖에 없었다.

오작동하지 않으면 흑곰은 괜찮은 파워 아머였다.

수현은 양심도 없이 군수품을 밖으로 유출한, 얼굴도 모르는 군 관계자를 속으로 욕했다.

"이거 몰 줄 아는 사람은……. 당연히 없겠지. 그러면 이소희 팀장. 부탁해."

"알겠습니다."

'어, 나도 몰 줄 아는데.'

여기 있는 사람들 중에서 수현보다 경험이 많은 사람은 없을 것이다. 그렇지만 생각해 보니 조용히 입 다물고 있는 게 좋을 것 같았다.

"그러면 출발하기 전에 브리핑을 시작하겠습니다."

캘커타 정글 지대.

도시 동남쪽으로 이동해서 발을 디디면 태초부터 자란 것 같은 무성한 정글이 침입자들을 반겼다.

지구에서도 정글은 위험한 장소였다. 언제 어디서 튀어나올지 모르는 맹수에 독을 가진 뱀이나 벌레까지.

그렇지만 카메론 행성과는 비교도 할 수 없었다. 같은 짐승이라도 카메론 행성의 짐승은 몬스터라고 부르는 이유가 있었다.

이소희 팀장의 브리핑은 간단하지만 명료했다. 그들이 알

아야 할 정보를 명확하게 설명했고, 한 명 한 명한테 확인 과
정을 거쳤다. 수현도 살짝 감탄할 정도였다.

그들이 해야 할 임무는 단순했다.

자원이 있을지도 모르는 캘커타 정글 지대 안으로 들어가,
주어진 좌표로 가서 자원이 있는지 확인하면 끝이었다.

물론 그 와중에 만나는 몬스터나 기타 상황에 대처해야 했
지만.

"그보다 아까 물어보려고 했었는데 못 물어봤습니다만."

"뭔데?"

일렬로 걸어가며 신경을 곤두세우고 있던 김창식은 뒤에
서 들려오는 수현의 질문에 건성으로 되물었다.

그는 정말로 긴장하고 있었다. 그가 긴장하고 있으니 당연
히 신입도 긴장하고 있을 것이고, 그러니 이런 질문 정도는
받아줘서 신입의 긴장을 풀어줄 필요가 있었다.

만약 그가 뒤돌아서서 수현의 얼굴을 봤다면 그 태연하고
평온한 표정에 놀랐을 것이다.

"아까 조승현 사장님이 하신 말씀 있잖습니까."

"무슨 말?"

조승현이 아까 흑곰을 소개하기 전에 했던 말이 있었다.
'여기서 대부분이 이 일이 처음일 텐데'라는 말.

그게 무슨 뜻이냐고 물어보려다가 이야기가 넘어가서 못

물어봤지만, 수현은 그게 신경이 쓰였다.

여기 모인 사람들은 대부분 경험이 있는 군인들로 알고 있었다. 이 일이 처음일 리가 없었다.

그걸 묻자 김창식은 어깨를 으쓱거리며 대답했다.

"뭘 묻나 했네. 그야 나나 다른 사람들은 대부분 카메론 행성이 아닌 지구에서 복무했던 군인이니까 그렇지."

"······?!"

수현은 정말로 놀랐다. 카메론 행성에서 복무했던 게 아니었단 말인가?

"그래서 이쪽 지역에서 작전을 벌이는 건 처음인 사람들이 많아. 여기서 작전 경험해 본 사람은······. 이소희 팀장님 정도 되나?"

"아니, 여기서 작전해 본 적이 없다고요?!"

"무슨 문제 있나? 무시하지 마. 내가 오지에서 얼마나 굴렀는지 아냐? 이 정도는 바로 할 수 있다고. 다른 사람들도 마찬가지야."

수현은 어이가 없었다. 물론 아예 경험 없는 신인이 아닌, 타 지역에서 복무한 경험이 있는 군인들은 적응이 빨랐다.

그렇지만 그래도 어느 정도 시간과 시행착오를 필요로 했다.

거기에 이미 인류가 확보해서 진출한 지역 방위를 담당하는 군대는 미개척 지역을 돌아다녀야 하는 용병들과 또 전문

분야가 달랐다.

카메론 행성에서 일했던 군인들도 용병으로 일하려면 어느 정도 적응이 필요한데 지구에서 일했던 군인들이라니.

기본적인 능력은 어느 정도 되지만 카메론 행성의 상식에 대해서는 백치일 게 분명했다.

'그리고 대형 사고는 보통 이럴 때 터지지.'

개개인의 능력은 뛰어나지만 잘 맞지 않는 팀워크, 어딘가 불안한 장비. 거기에 부족한 적응도까지.

물론 적당한 수준의 위험이라면 충분히 해결할 수 있겠지만 카메론 행성은 언제 무슨 일이 터져도 놀라울 게 없는 곳이었다.

아까까지 전혀 긴장하지 않고 있던 수현은 이 말을 듣자 오히려 긴장이 되기 시작했다.

그 표정을 오해했는지 김창식은 웃으면서 말했다.

"걱정하지 마. 위험하다고 말은 했지만 별일 없을 거다. 이 지역 주변에서 나오는 몬스터들은 우리 선에서 충분히 처리 가능해."

'그런 근거 없는 자신감이 나를 불안하게 만든다고!'

조용히 따라갈 생각이었지만, 수현은 생각을 바꿨다. 이 팀은 카메론 행성에서 처음 싸우는 신입들이나 다름없었다.

그는 신입인 데다가 온 지 얼마 되지도 않아서 발언권도

약했기에 좀 조용히 있으려고 했었다.

그렇지만 이대로 가만히 이들을 내버려 뒀다가는 언젠가 한 번 대형사고가 터질 것이다.

훈련을 시켜줘야 했다.

"이봐. 고르간. 그러고 보니 넌 이 행성이 고향이잖아. 이쪽은 와본 적 있나?"

"없다. 그리고 내 고향은 황무지다."

"젠장. 진짜 도움이 될 만한 놈이 없군."

현재 그들은 일렬로 정글을 돌파하고 있었다. 파워 아머, 흑곰에 탑승한 이소희 팀장이 정면에서 길을 만들면 그 뒤로 대원들이 일렬로 이동했다. 일반적인 상황에서는 흠잡을 데 없는 전술이었다.

"정지. 잠깐 휴식하고 다시 이동합니다."

"예!"

멈춰선 대원들은 각자 적당히 거리를 벌리고 앉아 휴식을 취했다. 습기 찬 정글을 주변을 경계하면서 걷는 건 생각 외로 체력을 소모하는 일이었다.

"잘 따라오네, 신입?"

"별로 힘든 일도 아니니까요."

"괜히 힘들지 않은 척은 하지 말라고. 그런다고 해서 일이 쉬워지지는 않으니까."

"아니, 진짜 안 힘든데……."

어차피 더 말해 봤자 의미도 없었다. 수현은 전투복 옆에 매달아둔 수통을 들어 목을 축였다.

그가 지금 입고 있는 전투복부터 시작해서 소총까지, 전부 다 조승현이 제공한 것이었다. 당연히 수현이 갚아야 했다.

장비들의 질로도 그 기업이 좋은지 좋지 않은지 구분이 가능했다.

신입에게 질이 좋지 않은 장비를 내주는 곳은 별로 좋은 곳이 아니었다. 신입은 언제 죽을지 모르니 좋은 장비를 내주는 건 비용이 아깝다고 여기는 것이다.

그런 면에서 본다면 조승현은 확실히 인성이 괜찮았다. 다른 이들의 장비와 차이가 없었다. 경력 하나 없는 수현에게 하는 투자치고는 과한 투자였다.

"……?!"

수현이 갑자기 소총을 집어 들자 다른 사람들은 당황한 표정으로 수현을 쳐다보았다.

퍼퍽!

소음기를 달았기에 총성은 그다지 크게 울려 퍼지지 않았다. 그러나 효과는 확실했다. 탄환은 상공에서 날아다니는 새의 몸통을 정확하게 꿰뚫었다.

"뭐하는 거야?"

옆에서 그러거나 말거나 수현은 사격에 집중했다. 새들의 무리 중 한 마리가 저격당하자 다른 새들은 황급히 흩어지기 시작했다. 빠른 움직임에 표적도 작았지만 수현의 사격은 정확했다.

원 샷 원 킬.

당황해하며 그를 말리려던 사람들도 그 사격의 정확함에 감탄할 정도였다.

"저걸 맞……"

'아니, 이게 아니지.'

김창식은 정신을 차리고 수현에게 외쳤다.

"뭐 하는 거냐고, 신입!"

"방해하지 마!"

"뭐라는 거야, 미친놈아! 그만해!"

김창식은 수현의 어깨를 붙잡았다. 동시에 수현은 마지막 남은 새를 조준하고 발사했다. 그러나 김창식이 어깨를 친 탓에 새의 날개 위로 탄환이 스치고 지나가 버렸다. 새는 빠르게 허공으로 도망쳐 버렸다.

"이런 젠장! 놓쳤잖아!"

"너 내 말 무시하냐?!"

계속 그의 말을 무시하고 자기 할 일만 하는 수현의 모습에 김창식이 얼굴을 붉히며 말했다.

"그만하시죠. 김수현 대원. 방금 사격은 무슨 의미입니까?"

"저 새는 보는 즉시 바로 죽여야 합니다."

"……?"

수현은 땅바닥에 떨어진 새 한 마리를 손으로 들었다.

전체적으로 붉은 깃털을 가진, 평범한 새였다. 그다지 위험해 보이지는 않았다.

"그게 무슨 소리죠?"

"이 새는 흔히 캘커타 악어새라고 불립니다. 이 자체로는 전혀 위험하지 않은 놈입니다만, 문제는 이놈이 돌아다니면서 적당한 사냥감을 발견한 후 다른 몬스터들을 부른다는 점입니다."

캘커타 악어새.

지구의 악어와 악어새가 공생 관계라는 건 잘못 알려져 있는 사실이었지만, 이 캘커타의 악어새는 다른 몬스터들과 공생 관계를 유지하는 것으로 악명이 높았다.

날아다니다가 침입자나 만만한 사냥감을 발견하면 몬스터를 그쪽으로 불러 싸움을 붙인다.

몬스터가 사냥감을 포식하고 나면 악어새는 그 잔해를 먹는 것이다. 이른바 다른 몬스터의 척후병 같은 존재였다.

보통 귀찮은 놈이 아니었기에 수현은 발견하는 즉시 악어새를 쏴버리곤 했다.

죽여 버리면 신호를 보낼 수 없다. 작고 민첩한 놈이기에 맞추는 게 어렵기는 했지만 수현에게는 숨 쉬듯이 쉬운 일이었다.

설명을 들은 대원들은 믿지 못하겠다는 표정으로 수현을 쳐다보았다. 이런 특이한 몬스터가 있다는 건 들어본 적이 없었기 때문이었다.

카메론 행성에 대한 정보는 체계적으로 정리된 게 드물었다. 군에서 유명한 몬스터에 대해 정리된 정보가 있긴 하지만 어디까지나 기밀이었고, 오히려 그런 정보에 더 박식한 것은 최전선을 돌아다니는 PMC였다. 물론 이들은 군보다 더 정보를 아끼면 아꼈지 풀지는 않았다.

그렇기에 이런 정보는 현장에서 직접 일하지 않으면 얻기 어려운 정보였다. 카메론 행성은 넓었고 각각의 장소마다 다른 특색을 가지고 있었다.

"김수현 대원, 실전 경험이 없는 거로 알고 있는데, 이런 사실은 어떻게 알고 있는 건지 물어봐도 되겠습니까?"

"아버지께서도 이 행성의 군인이셨고 어머니께서도 이 행성의 군인이었습니다. 자라면서 들은 거라고는 전부 이 행성에 대한 것들이죠."

이소희는 굳은 표정으로 잠시 생각하더니 고개를 끄덕였다.

"알겠습니다. 그러면 지금 위험은 없어진 겁니까?"

"아뇨. 한 마리가 도망갔습니다. 분명히 이쪽으로 몬스터들이 오긴 올 겁니다."

"그, 고의로 한 게 아니라……."

김창식이 얼굴을 붉히며 미안하다는 듯이 사과했다. 수현은 상관하지 않는다는 표정으로 손을 흔들었다.

"제가 잘못했습니다. 미리 말을 하고 쐈어야 했는데. 급한 마음에 나섰군요."

"그런데 정말 확실한 거 맞아? 만약 아닐 경우에는 괜히 시간 낭비만 하게 되는 거잖아."

"할 만한 시간 낭비입니다. 안전을 위해서라면 충분히."

대원 중 하나가 이의 제기를 하자 이소희는 단호하게 말했다. 수현이 말한 정보는 현장에서 직접 경험한 사람이 말하는 것처럼 생생하고 설득력이 있었다.

저런 정보가 아예 근거가 없는 거짓 같지는 않았다. 만약을 위해서라도 대비할 필요가 있었다.

'팀장이 통이 커서 다행이군.'

수현은 속으로 그렇게 생각했다. 만약 속이 좁은 인물이었다면 수현이 한 짓을 팀장의 권위에 도전한 것으로 여겼을 것이다. 허락도 받지 않고 사격을 한 것이었으니까.

덕분에 팀장이 그렇게 꽉 막힌 사람이 아니라는 걸 알 수 있었다. 수현이 설득력 있게 말한다면 어지간한 선에서는 들어줄 것이 분명했다.

"이동합시다. 혹시 부모님께서 발각되었을 경우에는 어떻게 대비하라고 말씀하신 적이 있으십니까?"

"가장 좋은 방법은 새를 전부 쏴버리는 겁니다. 상책이죠."

부모님이 한 말씀이 아닌, 수현의 규칙이었지만 아무래도 상관없었다.

"그다음 방법은?"

"중책은 다른 부대들과 합류해서 덩치를 키우는 겁니다. 캘커타의 몬스터들은 교활한 놈들이 많아서 상대방이 만만해 보이지 않는다면 덤비지 않습니다."

"그것도 무리입니다. 여기 있는 건 우리밖에 없으니까. 그건 군이나 할 수 있는 방법입니다."

"하책은 유리한 장소로 이동하는 거죠. 좋은 장소는 공터입니다. 화력을 집중시키고 몬스터가 접근하는 걸 바로 알아챌 수 있죠. 도망이나 후퇴는 추천하지 않으셨습니다."

"그건 어째서입니까?"

"한 번 새가 발견해서 몬스터가 오면, 그때부터는 몬스터가 따라붙었다고 생각을 해야 합니다. 위치를 이동한다고 하더라도 이 정글에서는 인간의 이동 속도보다 몬스터의 이동 속도와 탐지 능력이 더 좋거든요. 뒤를 쫓는 몬스터는 처리하고 지나가는 게 낫습니다. 무시하고 움직이다가는 나중에 중요한 순간에 뒤를 당할 수 있기 때문입니다."

"김수현 대원."

"예?"

"훌륭합니다. 대표님께서 괜히 뽑으신 게 아니었군요. 저는 이 캘커타 지역에 대해서는 아는 게 별로 없습니다. 만약 임무 도중 제시하고 싶은 의견이 있다면 주저하지 않고 바로 제시하기를 바라겠습니다."

"감사합니다."

현재 얻어낼 수 있는 반응으로는 최상의 반응이었다. 이소희는 수현을 한정적이지만 조언자로 생각할 게 분명했다.

일단 이들 중에서 누가 미친 짓을 할 때 말릴 수 있다는 게 중요했다. 최소한 수현이 휩쓸려서 같이 죽지는 않을 테니까.

"그러면 이동하겠습니다. 김수현 대원. 혹시 이 주변에서 만날 수 있는 몬스터에 대해서 아는 게 있습니까?"

"워낙 다양한 놈들이 돌아다니는지라……. 딱히 꼬집어서 말씀드리기는 힘듭니다. 가끔 트롤도 보이는 곳이니까요."

"트롤?!"

따라오던 다른 대원들이 수현의 말을 듣고 눈빛을 빛냈다.

트롤. 판타지에서나 나오는 이름이었지만 이 카메론 행성에서는 실제로 나오는 몬스터였다.

침입자를 보면 무조건적으로 공격하는 포악한 몬스터였지만 그 사체는 돈이 됐다.

지구의 동물들도 가죽이 돈이 됐지만, 카메론 행성의 몬스터 가죽들은 그보다 몇 배는 더 돈이 됐다. 제대로 된 분석을 위해서, 무언가를 만들기 위해서. 구하기 힘든 몬스터의 가죽을 사겠다는 사람들은 수두룩했다.

거기에 트롤은 한 가지 더, 피가 있었다. 트롤의 피. 처음 성분을 분석한 과학자들이 기쁨의 탄성을 질렀다는 것으로 유명했다. 각종 불치병의 치료제로 각광받는 트롤의 피는 그 자체로 황금이나 다름없었다.

당연히 트롤을 만나서 잡을 수만 있다면 걸어 다니는 황금을 줍는 것이나 마찬가지였다. 대원들이 솔깃할 수밖에 없었다.

"트롤을 지금 상대해 봤자 힘들걸요."

"어째서?!"

수현은 그들의 김을 빼는 소리를 했다. 괜히 과한 기대를 넣어줬다가 나중에 허튼짓을 하는 것보다는 미리 말해 두는 게 좋았다.

"트롤 잡는 것 자체가 만만하지 않습니다. 워낙 가죽이 두

꺼운 놈이라서요. 게다가 재생력도 좋고."

"그렇지만 우리는 파워 아머도 있잖아. 밀리지는 않지 않나? 설마 이걸로도 밀려?"

'그 파워 아머가 불안하니까 그렇지, 이 자식아.'

"잡는 것까지는 어찌어찌 될 겁니다. 문제는 그다음이죠. 트롤이 보이면 잡으려는 이유가 뭡니까? 가죽이나 고기가 아닌, 결국 피죠?"

"그렇지?"

대원들은 고개를 끄덕거렸다.

"트롤을 잡고 피를 빼내려면 애초에 장비부터 따로 챙겨야 합니다. 그거 전문으로 만들어진 장비가 있거든요. 트롤로 돈을 벌려는 사람들은 애초에 트롤만 전문적으로 노릴 정도로 특화된 사람들인데……. 우리는 수색을 위해서 왔잖습니까. 피를 빼낸다고 해도 절반도 못 챙기고 버릴 겁니다. 담아 갈 곳은 또 애매하죠. 게다가 보존 문제까지 들어가면……."

거대한 덩치의 트롤의 피를 전부 담는 것도 무리겠지만, 그 피를 상하지 않게 다시 갖고 가는 건 더 무리였다. 수현의 말을 들은 대원들은 시무룩한 표정으로 고개를 끄덕였다.

트롤을 잡지도 않았는데 벌써부터 돈이 손에 들어왔다 사라진 기분인 것이다.

"너 진짜 잘 안다?"

대화가 일단락되고 공터로 이동하는 수현에게 김창식이 말을 걸었다.

"들은 게 있으니까요."

"아니, 그래도 말로 들은 걸 이렇게 현장에서 바로 적용시킬 수 있다는 게 대단한 거야. 보통 말로만 들은 지식은 바로 못 써먹거든. 근데 네가 말하는 건 처음 듣는 나도 바로 납득이 될 정도로 생생하더라고. 마치 네가 직접 경험한 걸 말해주는 것처럼."

'윽.'

모르는 사이 정곡을 찔린 수현의 얼굴이 살짝 움직였다.

"어쨌든 아까는 미안했어. 네가 갑자기 패닉을 일으켜서 총을 난사한 건 줄 알았거든."

"그런 사람이 어떻게 그렇게 정확하게 조준합니까?"

"그건 그래. 다시 한번 미안."

"괜찮습니다. 미리 말을 했어야죠."

군인 중에서는 성격이 괴팍한 놈들을 꽤나 볼 수 있었다. 예전에 젊었을 때의 수현은 그런 놈들을 전부 꺾고 제압할 정도로 성격이 거칠었었다.

수현은 지휘관이 되고 밑에 부대원들을 두고 나서 성격이 많이 온순해진 편이었지만, 그래도 그 성질은 어디 가지 않았다.

만약 그때 김창식처럼 그의 일을 막았다면 바로 주먹부터 날아갔을 것이다. 수현의 부하들이 수현이 저렇게 괜찮다고 말하는 걸 봤으면 기겁을 했을 게 분명했다.

김창식은 그가 모르는 사이에 목숨을 건진지도 모르고 말을 이었다.

"그런데 아까 말한 그 트롤 있잖아. 정말 어떻게 안 될까?"

"지금 장비로는 무리라니까요?"

"나중에라도. 따로 장비를 구입해서 트롤을 잡아보자고. 잘 처리하면 한 마리가 억이 넘어간다며?"

"어디서 들은 소문인지는 모르겠지만 그렇게 잡으려면 정말 힘듭니다. 거의 불가능해요."

트롤을 비싸게 팔려면, 최대한 상처가 없이 잡아야 하고 동시에 출혈도 최대한 적게 만들어야 했다.

문제는 트롤이 온순한 초식동물이 아닌, 포악하고 강력한 몬스터라는 점이었다. 상대하는 인간들도 아차 하는 순간에 골로 가버릴 수 있는데 상대의 편의를 봐줄 수는 없었다.

"보통 트롤 재생력 때문에 화력 좋은 무기를 써야 하는데, 그러면 가죽도 상하고 피도 꽤나 날아가거든요."

"그래도 그게 어디야. 몇천은 되겠지. 너는 정보를 제공하고, 나는 앞에서 싸울게. 수입은 반반으로 나누고. 어때?"

수현은 피식 웃었다. 김창식은 성격이 무난한 사람이었다.

약간 능글맞은 감이 있었지만 이렇게 친근하게 신입을 대하며 말을 거는 사람은 찾기 힘들었다.

용병들이나 군인들이 사교성이 부족하다는 소리는 괜히 나오는 게 아니었다.

'차라리 혼자 잡으면 혼자 잡았지. 뭐하러 같이 싸우나.'

"너도 좋다고 생각한 거 맞지?"

수현의 웃음을 다른 의미로 해석했는지, 김창식은 혼자 신이 나서 고개를 끄덕였다.

"좋아. 이번 일이 끝나면 바로 트롤 사냥이다!"

"이번 일부터 집중하시죠."

"알고 있어. 얕보지 말라고. 내 경력이 얼만데."

트롤 한 마리를 잡아서 억대의 수입을 올렸다. 트롤 사냥꾼들이 이걸 듣는다면 헛소리라고 할 것이다. 트롤을 잡는 데 들어가는 장비와 탄약의 값도 값이지만, 그런 화력으로 인해 상처가 생긴 트롤의 사체는 바로 가격 저하로 들어갔다.

그러나 가능하긴 했다. 수현이 실제로 한 적이 있었으니까.

'빌어먹을. 돈으로 바꿔보지도 못하고 그걸 그대로 보고하고 바쳤으니…….'

군 연구를 위해 트롤의 피가 필요하자, 수현의 팀이 그 임무를 맡았다. 최대한 질 좋고 상하지 않은 트롤의 피가 필요했기에 수현은 아주 원시적인 방법으로 접근했다.

"대장, 아무리 생각해도 이건 미친…… 몬스터라고요!"

"만약의 경우 바로 엄호 들어와라. 나 죽는 거 보기 싫으면."

트롤이 눈치채지 못하도록 냄새부터 시작해서 완전하게 위장을 한 후, 몇 날 며칠을 나무 위에서 기다렸다가 지나가는 트롤에게 뛰어들어서 목을 그어버린 후 그대로 뽑아버렸다.

수현의 담력과 실력, 그리고 초능력이 아니었다면 불가능한 묘기였다. 군에서 지급한 초진동 나이프도 나이프였지만 그건 아직 완전한 물건이 아니었다. 절삭력에 한계가 있었던 것이다.

나중에 수현이 해냈다는 걸 듣고 다른 무모한 군인 몇 명이 초진동 나이프를 들고 트롤에게 덤벼들었지만 목을 반쯤 벤 상태에서 성난 트롤에게 역습을 당해 바로 먹잇감이 되어버렸다.

옛날 일들을 생각하니 속이 쓰렸다. 그때는 아무런 의심도 하지 않고 위에 그대로 그 부산물을 바쳤다. 수현에게 떨어진 건 포상과 몇 푼 안 되는 상금이었다. 차라리 그때부터 조금씩 횡령을 해서 팀을 위해 썼더라면 아쉽지는 않았을 것 같았다.

"정지. 김수현 대원. 이 지형, 어떻게 생각합니까?"

"아?"

생각에 잠겨 있던 수현은 이소희 팀장의 목소리에 고개를 들었다. 어느새 팀은 공터에 도착해 있었다. 나무는 적고, 주변 시야는 나름 드러나 있어서 싸우기에 적합한 장소였다.

'그보다 대단하군.'

수현이 나름 신뢰를 샀다지만 정말로 이렇게 하나하나 그의 조언을 구할지는 몰랐다. 팀을 이끄는 팀장으로서 저렇게 할 수 있다는 건 그릇이 크다는 걸 의미했다.

스스로에 대한 확고한 자신감과 믿음을 가진 사람만이 저런 식으로 조언을 구할 수 있었다.

속이 좁고 얄팍한 인간은 권위가 무너질 걸 두려워해서 조언을 구하지 못했다.

'군에 계속 있었으면 꽤 높은 자리까지 올라갔을 것 같은데. 과거의 내가 만나지 못한 건 이쪽으로 빠져서인가?'

"적당합니다. 혹시 모를 상황을 대비해서 저쪽에 있는 나무들은 전부 잘라서 옆에 세워두는 건……."

"알겠습니다."

이소희는 그 말을 듣자마자 파워 아머를 움직여 나무를 잘라냈다. 근접용 대비로 장착된 나이프는 차라리 톱에 가까웠다. 굵은 나무를 일격에 잘라낸 것이다.

"잠깐만, 이렇게 크게 소리를 내도 돼?"

말을 한 건 박수용이었다. 김창식이 알고 있던 사람 중 하

나. 수현의 기억이 맞다면 한국군 출신이었다.

"괜히 몬스터를 더 부르는 거 아닌가?"

"걱정 마십시오. 이 정도 소음으로는 오지 않습니다. 작은 몬스터들은 오히려 도망을 가고, 위협적인 몬스터들은 이 정도 소음으로는 먹잇감을 쫓지 않거든요."

"그걸 어떻게 알지?"

"박수용 대원, 조언을 듣고 결정한 건 접니다. 항의를 하고 싶으시면 저한테 직접 하십시오."

"팀장님, 물론 저 김수현의 지식이 쓸 만한 건 인정을 합니다만 너무 의존하는 건 반대입니다. 저건 어디까지나 현장 경험이 없는, 들은 정보일 뿐입니다. 언제 어디서 허점이 드러날지 모르고 차이가 생길지 모릅니다."

"하고 싶은 말이 뭡니까?"

"아까 말한 새 같은 정보야 그렇다 치더라도, 이런 상황에서는 저런 불확실한 정보에 휘둘리지 않고 최대한 원칙적으로 행동해야 한다는 겁니다. 방금 말한 것처럼 이 정도 소음은 괜찮다는 걸 전 믿을 수 없습니다. 최대한 소음은 줄여야 합니다."

박수용의 말은 나름 설득력이 있었다. 그들이 아는 수현의 말은 직접 경험한 게 아닌, 다른 사람에게 들은 말을 그대로 전하는 것에 불과했으니까.

물론 수현은 실제로 경험을 한 일이었지만 그들은 알 방법이 없었다.

"저 정도 소음은 괜찮다니까요?"

"그러니까 그걸 믿을 수 없다는 거다. 만약 그게 문제가 되면 네가 책임을 질 수 있나? 책임질 수 있는 말만 해라."

"모두 그만!"

짧지만 힘 있는, 이소희의 말이 떨어졌다.

"더 이상의 논쟁은 용납하지 않겠습니다. 제가 판단하고 명령하겠습니다. 이미 소음은 만들었고, 그 새가 돌아갔다면 주변의 몬스터가 움직일 겁니다. 추가로 몬스터를 부를 위험이 있더라도 조금 더 안전하게 움직이는 게 타당합니다."

"하지만……."

"더 이상 논쟁은 용납하지 않겠다고 말했습니다. 박수용 대원."

"알겠습니다."

박수용은 뭐라고 말을 하려다가 이소희의 엄한 태도에 고개를 숙였다.

"모두 움직이십시오. 몬스터와 싸우지 않게 된다면, 오늘은 여기서 야영을 하게 될 테니 말입니다."

3장
전투

임시로 기지가 만들어졌다. 한쪽은 잘라낸 나무로 막혔고, 그 벽을 중심으로 대원들은 적당히 거리를 두고 배치되었다.

일을 끝내고 나니 기다리는 것 말고는 할 게 없었다. 그 틈을 타 김창식은 수현에게 말을 걸었다.

"네가 이해해라."

"뭘 말입니까?"

"수용이 형. 저 형이 원래 좀 깐깐하거든."

"별로 신경 안 씁니다."

저 정도 의견은 원래 낼 수 있는 의견이었다.

물론 수현의 부하가 저런 식으로 그를 못 믿겠다는 듯이 말했다면 대번에 응징이 들어갔겠지만, 모르는 이들이 저 정도 반응을 보이는 건 넘어가 줄 수 있었다.

"그런데, 몬스터가 정말 올 거 같냐?"

"아마 한 번 정도는 올 겁니다. 악어새가 빠져나갔으니까."

"그 새 진짜 악어새 맞아? 착각한 거 아냐? 그 거리에서 그렇게 확실하게 볼 수 있어? 너도 여기 경험이 없는 건 마찬가지잖아."

"내기라도 할까요?"

"음. 못 믿겠다는 건 아니고!"

수현이 강하게 나오자 김창식은 꼬리를 내렸다.

"어렸을 때부터 가끔 들어왔습니다. 아버지와 같이."

"뭐?!"

계속 들었다는 것만으로는 설득이 잘 되지 않을 것 같아, 수현은 거짓말을 하나 더 추가시켰다.

그 말을 들은 김창식은 정말 놀랐다는 표정으로 말했다.

"정말로? 뭔 놈의 가정교육이 그래?"

"……별로 위험한 짓은 안 했으니 상관없죠. 어쨌든 악어새는 확실했습니다."

"아까 여기 몬스터가 많다고 했지? 종류를 특정 지을 수 없을 정도로."

"그렇죠. 물론 지역에 따라 어느 정도 차이가 있지만 악어새 같은 경우는 멀리 있는 놈을 부르는 놈이라……."

"특히 위험한 놈이 있나?"

"몬스터는 대비 안 하면 다 위험합니다. 아까 말한 트롤도 기습을 당하면 위험하고, 캘커타 랩터 같은 경우에는 더럽게 교활하고 빠르죠. 잘못 몰이 당하면 그대로 죽을 수도 있습니다. 그리고 캘커타 악어새랑 한 쌍으로 불리는 캘커타 지옥악어 같은 경우에는 랩터랑은 다른 의미로 상대하기 까다롭고요."

"캘커타 지옥악어?"

"악어새가 있으니 악어도 있겠죠. 물론 악어새는 지옥악어만 부르는 게 아니라 주변에 만만한 몬스터는 다 부릅니다만……."

악어새는 딱히 지옥악어만 부르는 놈이 아니었다. 그렇지만 처음으로 악어새가 몬스터를 부른다는 사실이 알려졌을 때, 그때 몬스터가 지옥악어였기에 그런 이름이 붙은 것이다.

"다른 의미로 상대하기 까다롭다고?"

"워낙 가죽이 튼튼하거든요. 속도는 느리지만, 대신 위압감이 어마어마하죠. 생명력도 끈질기고……. 아무것도 모르는 사이에 거리 좁힌 채로 기습당하면 다리 한두 개는 우습게 날아갑니다."

김창식은 그도 모르게 등골에 소름이 돋는 걸 느꼈다. 수현이 말하는 게 너무 덤덤했기 때문이었다.

곧 그런 놈들과 싸울지도 모르는 상황에서 경험 없는 신인이 마치 백전노장 같은 태도를 보여주고 있는 것이다. 위화감이 들 수밖에 없었다.

"무서운데. 그놈은 뭐 특징 같은 거 없나? 약점이나?"

"특징이라면, 먹잇감을 발견하면 낮은 소리를 냅니다."

크르르릉―

"그리고 특유의 꼬리를 흔드는 동작 때문에 이런 지역에서는 계속해서 부딪히는 소리가 나고요."

파사삭―

"……!"

다들 아무런 말을 하지 않고 있었지만 수현과 김창식이 나누는 대화를 듣고 있었다. 수현이 말하는 특징이 바로 들려오는데 가만히 있을 바보는 없었다.

"몬스터다!"

"그리고 최대한 모습을 감추고 낮게 다가오다가 거리가 적당해지면 빠르게 공격합니다. 저렇게 말입니다."

"이제 설명은 됐어! 모두 조심해라!"

캘커타 지옥악어는 회색과 검은색이 섞인 모습이었다. 이 주변은 공터였기에 수풀 사이로 위장해서 들어올 수 없었고, 덕분에 지옥악어는 단단히 무장한 용병들의 화망 사이로 걸어 들어와야 했다.

퍼퍼퍼퍽!

날카로운 총성은 없었다. 그러나 모두 눈을 빛내며 나타난 지옥악어들을 향해 집중적으로 사격을 퍼부었다. 수현은 그 전에 먼저 허공을 쳐다보았다.

"역시."

싸움을 붙이는 악어새는 싸움 이후에 만들어지는 먹잇감을 먹기 위해 싸움이 일어나는 동안 그 주변을 날아다녔다.

수현은 바로 조준해서 악어새를 쏘아 버렸다. 저놈이 얼마나 해악을 불러일으키는지를 생각한다면 살려둘 이유가 없었다.

"걸어오잖아?!"

총탄을 몇십 발을 맞고서도 꿈틀거리며 움직이는 악어의 모습에 대원 중 한 명이 경악한 목소리로 중얼거렸다.

"놈의 등가죽이 좀 튼튼합니다. 걱정 마세요. 충격만으로도 충분히 움직이기 힘들 테니까."

"지금 그럴 때냐! 탄창이 무한인 것도 아니고!"

쾅!

이 중에서 유일하게 오크인 고르간은 등 뒤에서 방패를 꺼내더니 땅에 단단히 박았다.

그가 소중하게 여기던 바로 그 알타라늄 방패였다. 그리고서는 그걸 엄폐물 삼아 악어를 조준하기 시작했다. 절대로 물러서지 않겠다는 뜻이 등에서 느껴졌다.

'투지가 있군. 오크답게.'

소총 사격이 잘 먹히지 않는 것 같자, 고르간은 샷건을 꺼냈다. 펌프액션 샷건. 모델을 보아하니 카메론 행성의 용병들을 위해 나온 모델이었다.

퍽! 퍼퍽!

'와우.'

펌프액션 샷건은 재장전 시 어느 정도 조준이 흐트러지기 마련이었다. 그러나 고르간은 오크 특유의 억센 힘으로 총을 고정시킨 채 닥치는 대로 재장전을 해대며 연사를 했다.

"고르간! 조심해라! 뒤로 물러서!"

처음의 집중사격으로 정신을 못 차리던 지옥악어들은 끈질기게 접근을 해댔다.

가장 먼저 위험에 처한 것은 고르간이었다. 가장 앞에 있었기에 몬스터들의 표적이 된 것이다.

방패를 하나 두고 있었지만 다리 하나는 우습게 잘라먹을 힘을 가진 몬스터 상대로 고르간은 조금도 떨지 않았다.

퍽!

지옥악어 하나가 고꾸라졌다. 방패에 돌진하려다가 그대로 머리를 관통당하고 쓰러진 것이다.

"사실 저렇게 근거리 싸움을 각오하면 쉽습니다. 급소를 노리기 좋거든요."

수현은 지옥악어 하나가 입을 벌린 틈을 타 안으로 총탄을 쏘아 넣었다. 기막힌 묘기였다.

"안이 약점인가?!"

"등만 튼튼하지, 배나 입 안쪽은 생각보다 약한 놈입니다."

수현은 앞으로 당당하게 걸어가기 시작했다. 그걸 본 대원들은 기겁했다.

"야, 멈춰! 뭐하는 짓이야!"

"상대하는 방법만 알면······."

먹잇감이 건방지게 다가오는 걸 본 지옥악어는 포악하게 괴성을 지르며 아가리를 벌렸다. 그리고 수현의 다리를 물어 뜯기 위해 돌진했다.

그러나 이미 수현은 지옥악어의 움직임을 읽고 있었다. 지옥악어는 제법 거리를 한 번에 좁힐 수 있었지만, 그것도 한계가 있었다.

지옥악어의 이빨은 허공을 물었다.

퍽!

지옥악어가 옆으로 나뒹굴었다. 수현이 옆으로 돌아서 전력을 다해 지옥악어를 밀어버린 것이다. 놈은 몸이 뒤집히자 황급하게 돌리려고 했지만 그보다 수현이 빨랐다. 소총의 탄환이 지옥악어의 뱃가죽을 관통해 버렸다.

"⋯⋯!!"

"어떻게⋯⋯?"

괴물처럼 끈질긴 몬스터를 마치 어린아이 다루듯이 제압해 버리는 수현의 모습에 대원들은 믿지 못하겠다는 듯이 눈을 깜박였다.

"이렇게 놈의 급소를 노출시킨 다음 잡거나, 아니면 그냥 계속 쏘세요."

"⋯⋯?"

"놈의 등가죽이 아무리 튼튼해 봤자 계속 두들겨 맞으면 결국 뚫립니다. 탄환이 장난감도 아니고."

지옥악어는 기습당하지 않는 상황에서는 그렇게 위협적인 몬스터가 아니었다.

기습당하면 어지간한 공격 정도는 버텨내는 지옥악어가 거리를 좁힐 수 있으니 위험하지만, 놈이 오고 있는 걸 알고 있다면 멀리서 화력을 퍼부을 수 있었다.

물론 처음에 바로 쓰러뜨릴 수는 없었지만 탄환을 맞는 것만으로도 움직임은 느려지고, 그렇게 버티다 보면 결국 한계가 와서 쓰러지게 되어 있었다.

크앙!

다시 한번 들어오는 공격을 피하고서 수현은 같은 방식으로 지옥악어를 쓰러뜨렸다.

'그런데 팀장은 뭐 하는 거야?'

사실 파워 아머의 화력 정도면 더 쉽게 밀어버릴 수 있었다. 소리가 조금 크게 나겠지만, 이미 싸움으로 인해 소음이 크게 난 상태였다.

"……?!"

수현은 흑곰의 콕핏 창 안에 보이는 이소희의 얼굴이 당황으로 얼룩진 것을 깨달았다. 다른 파워 아머면 모를까, 흑곰이라면 이유가 하나밖에 없었다.

'전원 불량이군!'

마음 같아서는 후방 T 레버를 당겼다가 푼 후 다시 재시동을 걸라고 하고 싶었지만 지금은 굳이 그럴 필요가 없었다.

그걸 말했다가는 아무래도 의심을 받을 수밖에 없었으니 더욱 그랬다.

몬스터와 이 주변 지형에 대해 빠삭한 건 어떻게든 설명이 됐지만 흑곰은 별개였다. 아는 사람이 별로 없는 군용 신무기였던 것이다.

어차피 지옥악어는 슬슬 마무리가 되어 가고 있었다. 버티고 있던 놈들도 한둘씩 쓰러졌다.

"끝난 건가?"

"팀장님! 거기서 뭐 하는 겁니까?"

"미, 미안합니다. 조작이 서툴러서 그런지……."

"신무기라 그런가?"

"팀장이 실수도 하나. 처음 보네."

이소희 팀장의 실력을 의심하는 사람은 아무도 없었다. 그들은 그저 신무기다 보니 이소희도 적응하는 데 실수를 할 수 있다고 생각할 뿐이었다.

"이놈 가죽이 그렇게 단단하다고?"

"그러니까 가죽이 비싸죠."

"……!"

대원들의 고개가 획, 하는 소리가 날 정도로 빠르게 수현에게로 돌아갔다.

"상태 좋은 걸 잘 다듬어서 팔면 몇백은 가볍게 나오니까……."

"이것도 가능해?!"

"지금 저렇게 총탄 구멍 만들어 놓고 물으시는 겁니까? 양심이……?"

수현의 말에 질문한 대원은 얼굴을 붉혔다. 확실히 그가 봐도 저렇게 구멍이 나 있는 가죽은 쓸 수 없을 것 같았다.

"아. 모두 접근하기 전에 잠깐……."

수현은 말하던 도중 뒤의 이소희 팀장이 타고 있는 흑곰이 신경 쓰여 시선을 돌렸다. 그 사이 박수용은 지옥악어들의 사체에 가까이 다가갔다. 처음 교전한 몬스터였기에 호기심이 동한 것이다. 지구의 동물들과는 차원이 다른 강력함을 가진 몬스터. 신기할 수밖에 없었다.

"젠장, 말 좀 듣고 움직여!"

"……?!"

박수용은 누군가 목 뒤를 강하게 잡아당기는 느낌을 받았다. 수현이었다. 흑곰을 신경 쓰다가 박수용이 다가가는 걸보고 기겁해서 달려온 것이다. 그는 도착하자마자 박수용을 뒤로 잡아당겼다.

"뭐하는 짓이야?!"

"이런 짓이지!"

크아아앙!

시체처럼 보이던 지옥악어가 눈을 번쩍 뜨더니 달려들었다. 수현과 박수용의 거리가 접근할 만하다고 생각한 것이다. 그러나 놈보다 수현이 한 수 위였다.

수현은 놈의 위로 가볍게 뛰더니, 그대로 주둥이 위로 착지했다. 보통 담력이 아니라면 할 수 없는 묘기였다. 지옥악어는 물어뜯지도 못하고 그대로 주둥이가 닫혀야 했다.

그리고 바로 확인 사살. 수현은 지옥악어를 옆으로 밀어버린 다음 드러난 급소를 향해 총을 쏴버렸다.

"몬스터 중에서는 죽은 척을 하는 놈도 있습니다. 지옥악어는 대표적인 예 중 하나고요."

수현의 말을 들은 박수용은 얼떨떨한 표정으로 고개를 끄덕였다.

아직 정신이 돌아오지 않은 것이다.

조금 지나고 방금 무슨 일이 일어났는지를 깨닫자 박수용은 부끄럽다는 표정을 지으며 얼굴을 붉혔다.

"……고맙다. 신세를 졌군."

"별말씀을."

그의 부하였다면 욕설부터 시작해서 이어지는 잔소리를 30분 정도는 늘어놓았겠지만 지금은 그럴 수도 없었고 그럴 시간도 없었다.

"몬스터는 전부 죽었습니까?"

"예. 다 확인했습니다."

"수고 많았습니다. 그러면 예정대로 다시 이동하겠습니다. 김수현 대원. 지금 제가 참고해야 할 게 또 있습니까?"

"아니요. 그보다 그 파워 아머, 괜찮으십니까? 아까 보니 움직이지 않는 것 같던데요."

"제가 미숙하게 운용한 것 같습니다. 이제 괜찮으니 걱정하지 마십시오."

'으. 그게 아닐 텐데…….'

이소희의 파워 아머 운용 실력은 수현도 알 수 없었지만, 그녀가 보여주는 모습을 보았을 때 그녀가 파워 아머를 제대로 못 몰 것 같지는 않았다. 아까의 동작 정지는 흑곰의 고질적인 기능 문제일 가능성이 컸다.

마음 같아서는 지금 파워 아머를 정지시켜 놓고 간단하게 정비를 해놓고 싶었다. 워낙 저 후진 파워 아머를 붙잡고 씨름해 왔기에, 흑곰의 조종사들은 실전에서 쓸 수 있는 수리 요령 몇 개 정도는 다들 알고 있었다.

'지금은 무리고, 나중에 몰래 해야겠다.'

"이동하겠습니다. 모두들 진형을 갖추세요."

몬스터들의 피와 사체, 그리고 각종 소음이 벌어진 전장에 계속 있으면 위험하다는 걸 모르는 사람은 없었다. 모두 빠르게 짐을 꾸리고 이동할 태세를 갖추었다.

이동하면서 수현은 그에게 쏟아지는 대원들의 시선을 느꼈다. 이제까지의 시선과는 명백히 달라진 시선이었다.

이제까지의 시선은 아무것도 모르는 신입을 보는 시선이었지만, 지금은 경외심과 감탄이 섞인 시선이었다. 수현의 위치가 신입이었기에 말로 꺼내는 사람은 없었지만 모두가 알고 있었다.

방금 전투에서 수현이 보여준 모습이 얼마나 대단한 것인지.

처음 싸워본다는 신입이 조금도 흔들리지 않고 싸우며 다른 사람들까지 챙겨주며 상황을 관리했다. 당연히 놀라울 수밖에 없었다.

"너 진짜 처음 일하는 놈 맞냐?"

"갑자기 왜 그럽니까?"

"아니…… 아무리 봐도 너무 대단해서. 너 혹시 특수부대 들어가려고 훈련하다가 쫓겨났다거나, 사관학교에 들어갔다가 쫓겨났다거나 그런 거 아니지?"

'이 인간은 쓸데없이 예리하군.'

"그런 거 없다니까요. 그리고 그런 경력이 있으면 제가 당연히 말하고 다니지, 왜 숨기고 다닙니까?"

"하긴 그건 그래."

김창식은 수현의 말에 동의하며 고개를 끄덕였다. 그런 식의 경력은 말하면 이익이 되는 경력이었지 해가 되는 경력이 아니었다. 굳이 숨길 이유가 없었다.

"그런데 기껏 싸웠는데 아무것도 못 가지고 나온 게 좀 억울하군. 총알도 다 돈인데 말이야. 그렇지?"

"몬스터 사냥으로 수입을 올리려면 아예 그쪽으로 길을 잡아야 하죠. 처음부터 말입니다. 어중간하게 돌아다니면서 하다 보면 이도 저도 안 됩니다. 아까 지옥악어 같은 경우에도 거칠게 사냥하면 가죽이 안 남아나잖습니까."

"그랬지. 맞다. 그거 고기는 어때? 고기도 먹을 수 있잖아. 몬스터 고기도 어떤 놈들은 비싸게 팔린다던데."

"지옥악어 고기는 맛은 그다지 특별한 거 없습니다. 미식가들이 찾거나 하지는 않죠."

"에이."

"대신 가끔 사람들이 좀 찾을 때가 있는데……."

"어? 왜?"

"고기가 정력에 좋다는 소문이 있거든요. 진짜인지 아닌지는 잘 모르겠습니다만."

"……!"

"뭐? 정말?"

뒤에서 걷던 대원 중 한 명이 그 말을 듣고는 고개를 들더니 물었다.

"그런 거면 미리 말을 했어야지!!"

"아니, 소문이라니까요?"

"소문이라도 어디야!"

"혹시 벌써……?"

"뭐? 아냐! 난 아직 팔팔해!"

수현의 시선이 아래로 내려가자 대원은 팔짝 뛰며 부정했다.

"목소리 낮추세요."

"죄, 죄송합니다."

이소희의 말에 대화는 일단락되었지만 대원은 지옥악어의

고기가 영 아쉬웠는지 연신 입맛을 다셨다.

어느새 주변이 어두워지고 있었다. 정글이라서 기본적으로 빛이 잘 들어오지 않는 탓도 있었지만, 이곳에 있는 대원들은 시간 정도는 당연히 파악할 수 있었다.

적당한 곳에 멈춰선 이소희는 야영을 명령했다.

"오늘은 여기까지만 움직이겠습니다."

"으아아……."

이소희의 말에 대원들은 주저앉아서 신음했다. 정글 사이를 오가는 강행군에 도중에 몬스터들하고 싸웠으니 보통 피곤한 게 아니었다. 그들이 단련되었으니 망정이지, 단련이 되어 있지 않은 사람들이었다면 바로 쓰러졌을 것이다.

"괜찮냐, 너?"

"예? 멀쩡합니다만."

수현은 그를 희한하다는 듯이 쳐다보는 김창식을 보며 대답했다.

"참. 신기한 놈이야. 어떻게 이렇게 적응을 잘할 수가 있지? 젊어서 그런가? 너 어렸을 때부터 여기 돌아다녔다고 했지. 혹시 뭐 이상한 거 먹은 거 아니냐?"

"사람 이상한 놈으로 만들지 마시죠."

"아니, 진짜 신기해서 그래. 지금 여기서 제일 멀쩡해 보이는 게 너랑 이소희 팀장이야. 팀장은 파워 아머 타고 왔으니까 그렇다 쳐도 너는 우리랑 똑같이 발로 뛰었잖아."

"제가 가장 젊으니까 그런가 봅니다. 물이나 좀 떠오겠습니다."

근처에 작은 물가가 있었다. 오는 도중에 검사기로 마셔도 되는 물인지 이미 확인을 한 상태였다. 다른 사람들이 지친 것 같으니 대신 물을 떠다 줄 생각으로 수현은 수통들을 챙겼다.

"이리 내놔."

"……?"

"내가 갔다 올 테니 넌 쉬어. 지금은 피로가 안 느껴져도 나중에는 느껴질 거다. 괜히 안 피곤하다고 움직이다가 나중에 쓰러지지 말고."

박수용은 수현이 든 수통들을 뺏더니 그대로 물가로 걸어가 버렸다. 수현은 어안이 벙벙해져서 그의 뒷모습을 쳐다보았다.

그걸 본 김창식이 피식 웃으면서 말했다.

"수용이 형이 쑥스러워서 저래. 고맙다는 말 대신이라고 생각하라고."

"아니, 무슨 십 대 청소년도 아니고……."

"쉿. 들으면 화낼라. 그냥 조용히 받아."

호의를 베풀어주겠다는데 굳이 거절할 이유는 없었다. 수현은 자리에 주저앉아서 짐을 풀었다. 다른 대원들도 비슷하게 휴식을 취하고 있었다.

'그러고 보니 좀 이상한데.'

예전의 그는 실전에서 단련될 대로 단련된 데다가, 육체 강화 수술 몇 개를 받았고 거기에 초능력자라는 이점까지 있었다.

그러니 이 정도 강행군은 숨을 쉬는 것처럼 소화해낼 수 있었다.

그러나 지금 그는 초능력자라는 걸 제외하면 그런 장점이 모두 사라진 상태였다. 물론 그가 십 대 때부터 몸을 단련했다고 하지만 지금은 아직 한참 미완성된 상태였고, 육체 강화 수술의 결과는 몸에 있지도 않았다.

아무리 노련하다지만 경험만으로 커버하는 건 한계가 있었다. 조금 피곤하기는 해야 했다. 그렇지만 전혀 피곤하지가 않았다.

고민하던 수현은 박수용이 수통을 던지듯이 주고 가버리자 고민을 멈췄다.

'안 피곤하면 좋은 거지, 쓸데없는 고민을……'

그보다 신경 써야 할 다른 게 있었다. 일단 이 야영지 주변에는 동작 감지기부터 시작해서 보초까지 기본적인 경계는 되어 있었다. 그렇지만 수현은 그것만으로 안심할 수 없었다.

'염동력으로 나무 사이에 실을 설치한다.'

동작 감지기는 야영지 주변에 접근하는 몬스터들을 미리 파악해서 경고를 하는, 카메론 행성의 탐험가들이나 용병들에게 꼭 필요한 물건 중 하나였다.

그렇지만 그 성능이 완벽한 건 아니었다. 단순히 주변에서 무언가가 움직인다고 해서 경고를 하면 제대로 휴식을 취할 수 없었으니 동작 감지기는 위협적인 몬스터와 아닌 걸 구분할 기능을 갖춰야 했다.

그것 때문에 가끔 혼동이 생겨서 몬스터가 접근하는데도 감지기가 작동 안 하는 경우가 있었다.

감지기만 믿고 전부 자 버리는 멍청이들은 없긴 하지만, 그래도 단점은 단점이었다.

수현의 초능력은 염동력. 능력 자체의 힘은 강하지 않지만 수현의 장점은 세밀한 컨트롤이었다. 염동력 자체가 범용성 좋은 능력이었기에 수현은 이 염동력을 쏠쏠하게 활용해왔다.

아주 가는 실을 염동력으로 야영지 주변에 몇 줄 둘러서 친다면, 누군가 들어올 때 자연스럽게 끊어지게 되어 있었다. 그러면 수현에게 신호가 갔다. 동작 감지기보다 더 예민해서 불편할 때가 있지만 안전하다는 면에서는 한 수 위였다.

'어?'

예전에는 실을 잡고 한 번 휘두르면 염동력으로 자연스럽게 뱀이 앞으로 나아가는 것처럼 실이 살아 움직였다. 그런데 지금은 그러지 않고 실이 끊어지는 것이다.

'오랜만에 해서 그런가?'

수현은 그렇게 생각하고 다시 한번 시도했다. 실을 몇 번이나 끊어먹고 나서야 수현은 주변에 실을 두를 수 있었다.

'내가 무뎌질 줄이야. 이런 거 하나 한 번에 못 하다니……. 좀 쪽팔리군.'

과거로 돌아오고 나서, 염동력을 제대로 사용한 적이 없었기에 수현은 착각하고 있었다.

그가 오랜만에 능력을 사용했기에 미숙해서 실을 끊어 먹은 것이라고.

"네 차례다."

"옙."

깨우기도 전에 수현은 이미 깨어 있었다. 언제 일어나야겠다고 생각한다면 그는 실제로 그 시간에 일어날 수 있었다. 스스로의 육체에 대한 통제력은 거의 초인급이나 다름 없었다.

'보는 사람 없지?'

수현은 주변을 두리번거렸다. 지금 그가 하려는 건 다른 사람이 봤다가는 꽤나 귀찮아질 수가 있었다. 아무래도 변명이 궁색해지는 일이다 보니……

덜컥—

오랜만에 앉는 파워 아머의 조종석이었다. 그리우면서도 동시에 짜증이 났다. 애증이라는 감정이 가장 정확할지도 몰랐다. 이 과부 제조기를 타고 몇 번을 사선을 넘었는지.

'생각해 보니 이거 만든 놈들은 이번에도 또 벌금만 내고 풀려나잖아?'

아직 일어나지 않은 일인데도 혈압이 올랐다. 과거에도 이걸 만들고 비리로 통과시켜준 놈들은 그다지 처벌을 받지 않았었고, 그걸 본 흑곰의 파일럿들은 아주 이를 갈았었다. 고장 때문에 몇 번을 죽을 뻔했는데 원인을 제공한 놈들은 솜방망이 처벌을 받고 풀려난 것이다.

수현은 조종간을 간단하게 열어버린 후 안의 회로 몇 개를 손수 만지작거렸다. 쓸데없는 기능 몇 개를 동작 안 하게 하는 대신 전원 공급을 조금 더 원활하게 하는 방법이었다. 일단 전원이 도중에 정지하는 일은 없어야 했다. 파워 아머는 전원이 정지하면 그냥 움직이지 않는 고철 덩어리밖에 되지 않았으니까.

"후. 됐다."

일단 그가 지금 당장 할 수 있는 조치는 대충 끝내놓았다. 물론 이런다고 해서 흑곰이 아주 잘 돌아가는 놈이 되지는 않겠지만, 이번 임무가 끝날 때까지 멈추는 일은 비교적 줄 것이 분명했다.

그것만 해도 어딘가. 수현은 흑곰에서 떨어지고 나서 손을 털었다. 임시방편이라지만 할 수 있는 건 다 해놓아야 했다.

밤의 정글은 고요해서 멀리서 벌레 우는 소리를 제외하면은 별다른 소리가 없었다. 수현은 멍하니 주변을 쳐다보며 시간을 보냈다.

만약 수현이 조금만 더 쉬고 있는 대원들에게 주의를 기울였다면, 누군가 잠을 자지 않고 그를 보고 있다는 걸 눈치챘을 것이다.

캘커타 악어새와 지옥악어를 만난 경우는 예외적인 경우였다. 그런 일이 일상적으로 일어난다면 이 일에 뛰어드는 용병들의 단가가 몇 배로 뛰었을 것이다.

날이 밝자 대원들은 간단하게 식사를 하고서 다시 이동을 시작했다.

좌표가 찍힌 곳을 확인하기 위해서는 머뭇거릴 시간이 없었다. 게다가 어제 전투 때문에 소모된 시간도 있었다.

김창식은 하품을 하며 투덜거렸다.

"젠장. 이렇게 했는데 아무것도 안 나오면 정말 짜증 날 것 같군."

"선금 받았잖습니까."

"그거 누구 코에 붙이라고? 선금만 받고 일하려고 여기 온 게 아니잖아."

이번 좌표 확인 업무에 앞서서 대원들에게는 선금으로 몇 백만 원의 돈이 지급되었다. 말 그대로 최소한의 돈이었다.

만약 나온 좌표에서 쓸 만한 자원이 확인이 된다면 그 자원의 가치에 비례해서 보수가 증가했다. 몇백으로 끝나냐, 몇천까지 가느냐의 문제였기에 대원들은 전부 쓸 만한 자원이 발견되기를 기대하고 있었다.

"돈 쓰실 곳이라도 있으십니까?"

"돈이 없어서 못 쓰지, 쓸 곳이 없어서 못 쓰나? 있으면 쓸 곳이야 많아. 넌?"

"저야 뭐……."

수현은 가족도 없고, 지금은 회사 기숙사에서 사니 딱히

집을 구할 필요도 없었다. 가장 먼저 생각이 든 건 무기였다. 회사에서 그에게 기본적으로 지급한 장비 말고 더 쓸 만한 게 필요했다.

'돈 생기면 암시장부터 찾아가야겠군.'

카메론 행성의 도시인만큼 공식적으로 무기를 파는 곳도 있었지만 쓸 만하고 위험한 것들은 암시장에 나와 있을 때가 많았다. 밀반출된 군용 무기나 몇몇 사정으로 인해 폐기된 무기 중에서는 잘만 쓰면 정말 좋은 것들이 나오곤 했다.

김창식은 말끝을 흐리는 수현을 보고 오해한 모양이었다. 그는 히죽거리며 수현의 옆구리를 찔렀다.

"여자구나?"

"예? 아닌데요."

"쑥스러워할 거 없어. 젊을 때는 다 그런 거니까. 나도 너 정도 됐을 때는 그랬었지."

아니라고 해봤자 이미 김창식은 단정을 내린 것 같았다. 수현은 포기하고서 되물었다.

"그래서 어떻게 되셨습니까?"

"차였어. 돈도 없는데 잘 만나주지도 않는다고."

"……."

"왜 그렇게 봐! 넌 안 그럴 거 같냐!"

"아무 말도 안 했습니다만."

김창식의 헛소리를 대충 흘려 넘기던 수현은 문득 앞에서 그를 쳐다보는 시선이 느껴져 고개를 들었다. 흑곰에 탄 채 선두에서 나아가고 있는 이소희 팀장이 그를 쳐다보고 있었다.

처음에는 그가 김창식과 떠들어서 주의를 주기 위해 쳐다본 줄 알았다. 그러나 그녀는 수현과 눈이 마주치자마자 고개를 돌려 버렸다.

"······?"

처음에는 우연이라고 생각했지만 몇 번 더 그런 일이 반복되자 수현은 황당함을 느꼈다.

'저 사람 왜 저래?'

이소희 팀장이 박수용처럼 쑥스러움을 타는 사람도 아니고, 몰래 쳐다보다가 시선 마주치면 고개를 돌리는 행동을 한다는 게 믿겨지지가 않았다.

그렇게 고민을 하던 도중 수현은 앞에서 걸어가는 대원이 탄성을 내뱉는 걸 들었다. 고개를 들어 앞을 보니 무성한 정글 지대가 끝나고 꽤나 넓은 녹색 평야가 보였다.

앞으로는 붉은색 나무들이 빽빽하게 서 있었고 가운데에는 투명할 정도로 맑은 호수까지 있었다. 만약 주변의 모습을 제외하고 본다면 휴양지로 착각할 모습이었다.

"우와······."

그렇다. 정해진 좌표에 도착한 것이다.

대원들은 감탄사를 내뱉은 지 일 분도 지나지 않아서 바로 탐지기를 꺼냈다. 아름다운 건 아름다운 거였고, 목적지에 도착한 건 도착한 거였다. 이제 일을 해야 했다.

탐지기의 원리는 간단했다. 주변 지형을 스캔해서 안에 정보가 입력되어 있는 자원이 있는지를 확인해주는 장치였다. 이런 일을 한다면 필수적으로 갖고 다녀야 하는 물건이기도 했다.

"카메론 레드우드 확인. 일단 본전은 건졌네요."

"레드우드보다 양은 적지만 캑터스 플라워도 확인됐습니다."

속속히 들어오는 보고. 이번 탐사가 완전히 헛일은 아니라는 게 확인되자 이소희는 고개를 끄덕였다.

"숲 안으로 들어가서 확인하고 오겠습니다."

"혹시 모르니 2인 1조로 움직이십시오."

"신입이랑 같이 갔다 오겠습니다."

이소희의 말에 김창식은 수현의 팔을 붙잡았다. 경치를 구경하며 감상에 빠져 있던 수현은 뜬금없이 그를 붙잡고 같이 가자고 말하는 김창식에게 얼굴을 찌푸렸다.

"왜 접니까?"

"너만큼 여기 주변에 빠삭한 놈들이 없잖아. 혹시 모르니까 같이 들어가는 거지. 저기 숲 정도야 아무 일 없겠지만 그 래도 혹시 모르잖아?"

수현이 활약한 게 워낙 인상이 깊었는지, 김창식은 저 앞에 잠깐 확인하러 가는데도 수현과 같이 가고 싶어 했다. 미지의 장소는 모든 사람을 두렵게 만들었다.

"저기 간다고 없는 자원이 나오지는 않을 것 같은데……."

"그래도 혹시 모르잖아. 한 번 온 김에 확실하게 확인하고 가자고!"

저거 하나 같이 가준다고 크게 힘든 건 없었다. 수현은 고개를 끄덕이고서 김창식과 보조를 맞췄다. 앞에 위치한 숲은 붉은색 나무들로 빽빽하게 차있었다. 수현은 가볍게 나무를 두드려 보았다.

퉁-

'값 좀 나가겠군.'

카메론 레드우드라고 불리는 나무. 지구에서 선풍적인 인기를 끌고 있는 목재 중 하나였다. 이 숲 주변을 통틀어서 합친다면 그 액수는 가히 상상이 가지 않았다.

"이런 숲에서 돌아다니는 몬스터는 없나?"

"구조만 봐도 덩치 큰 놈들은 돌아다니기 힘들 것 같이 생기지 않았습니까? 있어 봤자 별거 아닌 놈들입니다. 게다가 레드우드 숲에는 딱히 독사나 독충 같은 게 발견되지 않아서……."

"그래? 그건 좋네."

숲 안에 들어가서 탐지기를 몇 번 작동시켰지만 새로운 자원이 발견되거나 하지는 않았다. 김창식은 입맛을 다지며 나무를 쳐다보았다.

아쉬웠지만 이거라도 건진 게 어딘가. 위로 높게 솟아오른 거목은 그가 봐도 비싸 보였다.

"……?"

위로 시선을 올린 김창식의 눈에 이상한 광경이 들어왔다. 저 멀리서 나무가 하늘로 솟구친 것이다.

"야."

"왜요?"

"나무가 하늘로 솟구치는 건 뭔 현상이냐?"

"뭔 헛소리를……."

수현은 김창식이 헛소리를 한다 싶어서 시선을 돌렸다. 그러나 멀리서 들리는 파공음과 하늘로 솟구치는 나무들을 보자, 수현의 얼굴은 백지장처럼 새하얗게 변했다.

"캘, 캘커타 고릴라!"

어지간해서는 당황하지 않는 수현도 이 몬스터의 출현에는 당황할 수밖에 없었다. 원래 이 주변에서는 출현하지 않는 몬스터였다. 훨씬 더 깊숙이 들어가야 나오는, 게다가 보고 싶어도 보기 힘들 정도로 숫자가 적은 몬스터였다.

물론 그것만 가지고 수현이 당황하지는 않았다. 수현이 당황한 건 놈의 강함 때문이었다.

놈의 별명은 캘커타의 제왕. 캘커타 먹이사슬 피라미드의 가장 위에 위치한 놈이었다. 한 마리만 있어도 그 주변은 박살이 났다.

단단한 방어력에, 기민한 기동성. 괴물 같은 괴력에 흉포성까지. 강한 몬스터가 갖춰야 할 기본적인 건 다 갖추고 있다고 봐야 했다.

지금 이 상황에서 만난 건 재앙이나 다름없었다. 현재 고릴라에게 통할 수 있는 공격 수단은 그나마 흑곰 정도. 나머지 개인용 화기로는 제대로 된 데미지를 주기 힘들었다.

"뛰어!"

"뭐, 뭐?!"

김창식은 당황해하면서도 수현의 뒤를 따라서 달렸다. 호수 근처에서 자원을 확인하고 있던 대원들은 전력 질주하는 둘을 보고서 무언가 일이 틀어졌음을 짐작했다.

"무슨 일이야?!"

"몬스터입니다! 지금 당장 여기를 빠져나가야 해요!"

"빠져나가야 한다고? 싸우는 건?"

"절대로 무리입니다!"

최소한 파워 아머 두세 대는 있어야 비벼볼 수 있었다. 파워 아머 한 대로 사냥하려면 수현 정도의 파일럿이 멀쩡한 파워 아머를 타고 덤벼야 했다.

이소희의 기량이 아무리 뛰어나도 수현 정도는 되지 않고 흑곰도 좋은 파워 아머는 아니었다.

이소희는 상황이 급하다는 걸 느꼈는지 수현의 말을 되묻지 않았다. 그만큼 수현의 말에는 무게감이 있었다. 더 이상 수현의 말을 신입의 말로 치부하는 사람은 없었다.

"이동합시다, 지금 당장!"

캘커타 고릴라의 특징 중 하나는 광포화였다. 어떤 이유인지는 모르지만, 한 번 돌아버리면 주변 지역을 부숴버리기라도 하려는 것처럼 날뛰는 것이다. 지금 나무를 뽑아서 던지는 것도 그런 모습 중 하나였다.

대원들은 황급하게 이동 준비를 시작했다. 그러나 캘커타 고릴라의 민첩함은 그들의 예상을 완전히 벗어났다. 몇 번의 도약만으로 캘커타 고릴라는 공터에 착지하는 데 성공했다. 대원들은 아직 정글로 완전히 숨지도 못한 상황.

대원들은 본능적으로 직감했다. 캘커타 고릴라가 그들의 모습을 발견했다는 것을.

"어, 어떡하지?"

"사격 개시! 캘커타 고릴라를 조준하지 말고 허공으로 쏴!

최대한 시끄럽게! 소음기는 떼버리고!"

"뭐?!"

"허공으로 쏘라고! 캘커타 고릴라는 절대 조준하지 마!"

가장 먼저 수현의 말을 따른 건 뜻밖에도 박수용이었다. 그는 이를 질끈 악물더니 소음기를 제거하고서 소총을 위로 조준해 사격을 개시했다. 날카로운 총성이 울려 퍼졌다.

"젠장……!"

다들 이 어처구니없는 짓을 왜 하는 건지 몰랐지만 주저주저하며 수현의 명령에 따랐다. 그들이 인정하든 인정하지 않든, 수현은 그들에게 강한 영향력을 행사하고 있었다.

캘커타 고릴라를 직접 쏘지 않고 위협사격을 하는 건 고육지책이었다. 캘커타 고릴라는 흉악했지만 멍청하지는 않았다. 처음 보는 먹잇감이 있으면 일단 그 먹잇감의 강함부터 파악하려 들었다.

최대한 시끄럽고 위협적으로 굴어야 했다. 그래야 캘커타 고릴라가 덤벼드는 걸 늦출 수 있었다. 그렇다고 해서 캘커타 고릴라를 공격하면 안 됐다.

총탄을 맞는 순간 캘커타 고릴라는 탐색을 그만두고 그를 공격한 자들을 응징하기 위해 덤벼들 것이 분명했기 때문이다.

이 대치 상황을 유지한 채로 거리를 벌린 후 정글로 들어가야 했다. 더 이상 캘커타 고릴라가 추적하지 못하도록.

수현은 긴장한 얼굴로 염동력을 사용했다. 멀리서 캘커타 고릴라 뒤에 돌멩이 하나가 허공으로 떠올랐다. 뒤에서 던져진다고 해서 전혀 아프지는 않겠지만, 캘커타 고릴라의 신경은 뒤로 쏠릴 것이다.

거리가 거리다 보니 수현은 전력을 다해서 집중했다. 적어도 캘커타 고릴라가 신경이 쓰일 만큼은 힘을 실어서 던져야 했다.

염동력의 파워가 약하다 보니 전력을 다해도 모자라게 느껴졌다.

'가라!'

픽!

원래 났어야 할, 돌멩이가 가볍게 튕기는 '퉁'이 아니라 '픽'하는 소리가 났다. 공기를 찢는 소리와 함께 돌멩이가 캘커타 고릴라의 등을 쑤시고 들어간 것이다.

태어나서 제대로 된 고통을 느껴보지 못한 캘커타 고릴라는 처음으로 고통을 느끼고 울부짖었다.

"……?!"

어째서 이런 일이 일어난 건지 생각할 겨를도 없이, 수현은 상황이 꼬였다는 걸 깨달았다. 선공을 맞은 캘커타 고릴라의 눈동자가 붉게 물들기 시작한 것이다.

"……씨발."

캘커타 고릴라의 복수심은 유명했다. 한 번 상처를 입히면 캘커타 고릴라가 죽거나 사냥꾼이 죽을 때까지 끝까지 싸워야 했다. 그 정도로 캘커타 고릴라는 집요했다.

캘커타 고릴라의 붉게 물든 눈동자가 수현을 쳐다보았다. 눈이 마주친 수현은 어색하게 웃으며 말했다.

"내가 안 했다고 해도 안 믿겠지?"

크와아아아아앙!

대답 대신 들려온 건 분노가 담긴 울부짖음이었다.

"크윽!"

놈의 울부짖음은 보통 동물의 울부짖음과는 차원이 달랐다. 말 그대로 고막을 뒤흔드는 포효였다.

제대로 들었다가는 한동안 균형 감각을 잃을 위력이 있었다. 사냥감을 도망치지 못하게 하는 놈의 능력이었다.

그러나 대원들은 신음 소리를 한 번 내는 것만으로 견뎌냈다. 수현이 순간적으로 염동력 막을 씌운 것이다.

통할 거라고는 수현도 생각지 못했지만…….

'내 능력에 변화가 생겼다!'

원래 그의 능력이었다면 저 포효를 한 번에 막을 정도로 넓게, 그리고 강하게 펼칠 수는 없었을 것이다. 거기에 캘커타 고릴라의 등가죽을 뚫을 정도의 공격까지.

처음에 실을 펼쳤을 때 눈치를 챘어야 했다. 염동력의 출력이 비정상적으로 높아져 있었다.

'젠장, 미리 실험을 해봤어야 했는데!'

쓸 일이 없어서 염동력을 실험하지 않았던 게 이런 상황에서 엿을 먹일 줄이야. 수현은 이를 악물며 캘커타 고릴라를 쳐다보았다.

아무리 두렵고 떨리는 상황이라도, 적을 외면하지는 않았다. 끝까지 적을 쳐다보며 어떻게 싸울지 생각한다. 그게 수현이 살면서 쌓아 올린 경험의 결과였다.

'아무래도……'

캘커타 고릴라는 다른 대원들에게는 시선도 주지 않고 수현만을 노려보고 있었다.

처음 느끼는 생소한 고통만 아니었다면 바로 덤벼들었을 것이다. 뒤에서 쏘았지만, 놈은 야생의 직감으로 수현이 범인이라고 확정하고 있는 것 같았다.

"망했군."

"어떻게 하지, 이제?!"

대원들은 당황해서 수현이 초능력을 쓴지도 모르고 있었다. 수현은 냉정하게 말했다.

"갈라집시다."

"뭐?!"

"놈이 저를 사냥하기로 마음먹은 것 같습니다. 알아서 후퇴하십시오! 살면 돌아가서 봅시다!"

말과 함께 수현은 앞으로 튀어나갔다. 염동력을 이용한 신체 능력 향상은 전생에서부터 익숙해진 테크닉이었다. 다만 중요한 것은…….

'크윽!'

그의 초능력이 상상 이상으로 강해졌다는 것. 아까 캘커타 고릴라의 도약 거리만큼이나 도약력이 강해졌다.

몸에 느껴지는 부담감을 느끼며 수현은 재빨리 시선을 돌렸다.

지금 캘커타 고릴라는 명확하게 그를 복수의 대상으로 삼은 상태였다. 이대로 대원들과 함께 싸워 봤자 답이 없었다. 흑곰이 어느 정도 공격력은 있다지만 그 애매한 성능과 이소희의 조종으로는 짐이 될 가능성이 컸다.

다 같이 죽는 것보다는 차라리 따로 빠져서 따돌린 다음에 복귀하는 게 나았다.

콰쾅!

"눈도 더럽게 좋군."

캘커타 고릴라는 수현을 놓치지 않았다. 몬스터다운 파괴력으로 거추장스러운 나무들을 부숴버리고 따라온 것이다.

좁은 지형이라면 놈의 속도가 조금은 줄어들 것이라고 생각했지만, 역시 놈은 만만치 않았다.

"그렇지만 나도 그냥 당해줄 생각은 없다."

애초에 전생의 멀쩡한 상황이었다면 캘커타 고릴라 정도는 사냥할 수 있었다. 그의 무기와 장비, 그리고 팀원들이 있었다면. 입맛이 썼다.

장비도 없고 동료도 없는 상황. 오로지 믿을 수 있는 거라고는 초능력뿐. 수현은 그의 초능력이 얼마나 강해졌는지를 확인하기로 마음먹었다.

'집중한다.'

눈앞에서는 분노한 캘커타 고릴라가 달려들지만, 그렇다고 해서 평정심이 흔들린다면 죽음이나 마찬가지였다. 염동력은 정신력의 힘. 정확하고 구체적으로 집중해야 제대로 된 효과를 발휘할 수 있었다.

콰콰쾅!

달려들던 캘커타 고릴라가 뒤로 튕겨나갔다. 수현이 전력으로 염동력을 사용해 후려친 것이다. 넓은 범위를 대상으로 발산한 염동력은 힘이 약해지기 마련이었지만, 그럼에도 불구하고 달려들던 캘커타 고릴라를 튕겨 버렸다.

'미친!'

수현은 그가 해놓고도 놀랐다. 이 정도 위력이라니. 저번

생의 초능력 위력과 비교한다면 대포와 딱총의 차이였다.

"어……."

순간 뜨뜻미지근한 감각이 코밑에서 느껴졌다. 코피가 나오고 있었다. 초능력의 과도한 사용으로 인한 부작용이었다.

수현은 그의 초능력이 강해졌다고 해서 마음껏 쓸 수 없다는 걸 깨달았다. 아무리 강한 초능력자라고 해도 그는 어디까지나 인간이었다.

'그래. 이제 어떻게 해야 할지 조금 알겠군.'

캘커타 고릴라의 기습, 갑작스럽게 향상된 초능력. 둘 다 너무 상식 밖의 일이었기에 제대로 머리가 돌아가지 않았다.

하지만 이제 좀 냉정하게 머리를 가라앉히고 상황을 제대로 볼 수 있었다.

상대는 캘커타 고릴라. 그리고 그걸 상대하는 수현이 가진 무기는 강력한 염동력.

보통 사람이었다면 새로 얻은 힘을 믿고 덤벼들었겠지만 수현은 아니었다. 유리하면 유리할수록 상대방을 구석으로 더 몰아붙이는 게 수현이었다.

'정면으로 덤볐다가 내가 먼저 탈진이라도 한다면 그대로 끝이다. 동료도 없고……'

그는 뛰어난 군인이었지만 동시에 뛰어난 몬스터 사냥꾼이었다. 몬스터를 상대로 하는 사냥에서는 그를 따라올 사람이 없었다.

인간은 몬스터보다 약하지만 몬스터보다 집요하다.

평소에 신병들에게 입버릇처럼 하던 그의 말이었다. 캘커타 고릴라가 집요해 봤자 인간보다 더 집요할 수는 없었다.

"자, 따라와 봐라!"

만약 도망간다면 그걸로 좋고, 쫓아온다면 사냥할 뿐이었다. 수현은 장기전을 각오했다.

먼저 나무 사이를 도약하며 멀리 사라지는 수현을 본 캘커타 고릴라는 분노의 포효와 함께 따라붙었다.

지나치게 멀리 가는 것 같았지만 캘커타 고릴라를 상대하는 상황에서 그런 걸 따질 수는 없었다. 그런 건 일단 일이 다 끝난 다음 고민하면 됐다. 귀환이야 방향을 보고 할 수 있었다.

캘커타 지대에서 혼자 생환하는 건 경험 없는 사람들에게는 지옥에서 살아남는 정도의 난이도겠지만, 수현에게 있어서는 숨 쉬는 것처럼 쉬운 일이었다.

코피가 멎고, 슬슬 몸이 괜찮아지자 수현은 나무 위에서 멈췄다. 저 멀리서 캘커타 고릴라가 달려오는 게 보였다.

'이번엔 창이다.'

아까는 초능력의 총량을 측정하기 위해서 너무 낭비한 감이 있었다. 캘커타 고릴라를 튕겨내는 거라면 모를까, 놈을 사냥하기로 마음먹은 상황에서는 능력을 남용할 필요가 없었다.

상처를 입힐 정도로만 쓰면 됐다. 날카롭고 뾰족하게, 한쪽에 힘을 모아서……

'가라!'

투창수의 동작 같았다. 그러나 그 효과는 투창과는 차원이 달랐다.

캘커타 고릴라는 달려오던 도중 무언가 섬뜩함을 느끼고 몸을 틀었다.

푸욱!

생애 두 번째의 고통.

캘커타 고릴라의 비명이 정글을 뒤흔들었다. 다리를 노렸지만 몸을 틀었기에 옆구리를 관통한 것이다.

'젠장. 다리를 노렸는데.'

놈의 재생력도 만만치 않았다. 트롤 정도까지는 아니더라도 어지간한 상처는 회복을 시킬 것이다. 그래서 거리를 벌리기 위해 다리를 노린 것이었는데……

크아아앙!

바위가 날아왔다. 수현은 위로 공중제비를 하며 다시 거리를 벌렸다. 바뀐 염동력을 깨달은지 얼마나 됐다고 적응이 완전히 끝난 모습을 보여주고 있었다.

뛰어오를 때 염동력을 사용해 강하게 뛰어오르고 동시에 허공에 발판을 만들어서 다시 재도약한다. 다른 초능력자들이 봤다면 감탄을 했을 정도로 능숙한 활용이었다.

"자. 이번에는 총이다."

상대가 시야에서 멀어지면 캘커타 고릴라는 시각이 아닌 다른 감각으로 목표를 찾았다. 덕분에 방향을 찾고 달려오는 데까지 약간의 시간이 걸렸다.

그 정도의 틈을 수현은 아주 유용하게 사용했다.

수현은 나무의 꼭대기에 착지한 상태. 노리는 건 저격이었다.

픽!

캘커타 고릴라에게 데미지를 입히기에는 부족한 화력의 소총이었지만 염동력이 있다면 이야기는 달랐다.

'더 가성비가 좋고 더 효율적이지.'

처음 공격은 알아차리기 힘들게 염동력만으로 기습을 가한 후 그다음에 혼란스러워하는 캘커타 고릴라를 향해 추가타를 넣는다.

쫓기는 상황에서 짜낸 계획치고는 소름 끼치게 냉정한 계획이었다.

염동력으로 쏘아낸 보이지 않는 창도 감지해내는 캘커타 고릴라인데, 평소 상황이라면 저격 정도는 바로 대비에 들어갈 것이다. 그렇기에 이렇게 복잡하게 이중 함정을 팠다.

그리고 수현의 계획은 효과를 봤다. 방심한 캘커타 고릴라의 오른쪽 눈을 탄환이 정확하게 꿰뚫고 들어갔다.

ㅡㅡㅡㅡㅡㅡㅡㅡㅡㅡㅡㅡㅡㅡㅡ!

뭐라고 표현하기 힘들 정도의 울부짖음. 수현은 얼굴을 찡그렸다.

염동력으로 몸을 보호하고 있어서 망정이지, 안 그랬다면 고막이 찢어졌을 것이다.

'놈의 약점은…… 고통에 너무 약하다는 거지.'

태생적으로 너무 강하게 태어났기에, 어지간해서는 다칠 일이 없었다. 덕분에 다른 몬스터라면 참고 덤볐을 상황에서도 놈은 울부짖으며 날뛰고 있었다.

상대방이 약한 상대였다면 저런 짓도 크게 위험하지 않았겠지만, 수현은 결코 약한 상대가 아니었다. 수현은 언제라도 사냥감의 목숨을 끊을 수 있는 사냥꾼이었다.

수현은 대담하게 나무에서 내려와 앞으로 걸어갔다. 아무리 그래도 멀리서 저격하면 탄환에 염동력을 넣는 데 한계가 있었다. 그래서 눈을 노린 것이었지만…….

한 걸음, 그리고 한 걸음.

캘커타 고릴라가 주변에 있는 것을 전부 잡아 부수고 있는 상황에서 수현은 눈 하나 깜박이지 않고 천천히 접근했다.

그의 얼굴을 파편이 스치고 지나갔지만 수현은 멈추지 않았다.

'한 걸음만 더.'

정지.

수현은 소총을 들어 올리고 캘커타 고릴라를 조준했다. 노리는 건 캘커타 고릴라의 뇌.

이마를 관통시킨 후 안에서 염동력을 폭발시키듯이 회전시킨다면 아무리 강력한 몬스터라도 견뎌낼 수 없다.

'한 발에 끝낸다.'

캘커타 고릴라는 만만한 상대가 아니었다. 만약 한 발에 끝내지 못한다면 캘커타 고릴라는 그를 다치게 한 상대가 감히 바로 앞까지 와있다는 걸 깨달을 것이다.

퍽!

캘커타 고릴라의 이마에서 피가 튀었다. 수현의 전력이 담긴 탄환이 놈의 이마를 관통한 것이다. 보이지 않았지만 안에서 놈의 뇌가 박살이 났다는 것을 직감할 수 있었다.

"후……."

방금까지도 굵은 나무를 찢어발기던 놈의 팔이 허무하게

허공을 휘젓더니, 캘커타 고릴라는 그대로 뒤로 나뒹굴었다. 수현은 한숨과 함께 총구를 내렸다.

언제나 위험한 짓을 밥 먹듯이 하는 그였지만 이번 일은 그중에서도 순위에 들 정도로 긴장되는 일이었다.

'쯧. 시체를 가져가고 싶은데……. 과욕이겠지.'

이걸 염동력으로 들고서 가져가다가는 몬스터를 떼로 상대해야 할 것이다. 정말 아깝지만 어쩔 수 없었다. 수현은 과욕으로 목숨을 버릴 바보가 아니었다.

크르릉–

"……."

그렇게 생각하며 발을 돌리려고 한 수현의 눈에 들어온 건 또 다른 캘커타 고릴라였다. 캘커타 고릴라치고는 너무 조용하게 다가와서 수현은 순간 그가 꿈을 꾸고 있는 줄 알았다.

"놈의 짝이군?"

그렇다고 화답하듯이, 캘커타 고릴라는 수현을 후려쳤다. 속으로 욕설을 내뱉으며, 수현은 저 멀리 날아갔다.

4장
기연

요란한 소리를 내며, 수현은 바닥에서 굴렀다. 입안에서
피 맛이 느껴졌다. 몸 안이 진탕된 느낌이었다.

"으윽……."

　운이 좋은 건지 나쁜 건지 알 수가 없었다. 강화된 초능력
이 없었다면 지금쯤 수현은 뼈와 살이 분리되어서 허공을 날
고 있었을 것이다.

　그렇지만 암컷 캘커타 고릴라라니. 재수가 없어도 이렇게
없을 수가 없었다.

　후려치는 순간 전력을 다해 염동력으로 몸을 보호했다. 덕
분에 몸이 움직여지지 않을 정도의 부상은 입지 않은 것 같
았다.

총이 박살 난 상태에서 멀쩡한 캘커타 고릴라를 하나 더 상대해야 했지만 말이다.

수현은 암컷 캘커타 고릴라를 상대해본 적이 없었다. 안 그래도 개체 수가 적은 캘커타 고릴라 중에서도 암컷 캘커타 고릴라는 더 보기 드문 존재였기 때문이었다.

수컷 캘커타 고릴라는 넓은 영역을 잡고 사냥감을 찾아 돌아다녔지만 암컷 캘커타 고릴라는 자기 근거지에 붙어 있는 경우가 대부분이라고 들었다.

혼란스러움이 아직 가시지 않았지만 수현은 빠르게 상황을 파악하려고 애썼다. 수컷 캘커타 고릴라를 상대하는 와중에 뒤에서 놈의 짝이 나타났다는 것은, 그가 캘커타 고릴라의 집 근처까지 왔다는 걸 의미했다.

넓고 넓은 캘커타 정글 지대에서 하필 도착한 곳이 캘커타 고릴라의 집이라니. 수현은 헛웃음이 나오는 걸 삼켜야 했다.

'내가 이렇게 재수가 없는 놈이었나?'

콰콰쾅!

누워서 생각할 틈새도 없이 짓쳐들어오는 공격을 상대해야 했다. 수현은 바로 몸을 일으켜 뒤로 튕겨 나갔다.

눈앞에서 짝을 잃은 캘커타 고릴라는 수현을 반드시 죽이겠다는 의지를 품고 달려들고 있었다. 방금까지 수현이 있었던 자리가 섬뜩하게 패여 있었다.

수현은 어떻게든 거리를 벌리기 위해 잡히는 것을 닥치는 대로 날리며 허공으로 도약했다.

그러나 암컷 캘커타 고릴라는 수컷과 달랐다.

수컷은 일직선으로 돌진하다가 수현의 견제를 그대로 맞았지만, 암컷 캘커타 고릴라는 방향을 틀면서 오히려 수현을 향해 닥치는 대로 나무를 뽑아 던지기 시작한 것이다.

"……!"

허공에서 날아다니는 수현을 견제하기 위해 그 방향에 나무를 던지고, 동시에 거리를 좁힌다. 아까 상대한 캘커타 고릴라와는 방법에서부터가 차이가 났다. 수현은 예전에 들었던 말이 이제야 이해가 가는 느낌이었다.

'캘커타 고릴라는 수컷보다 암컷이 훨씬 상대하기 까다롭다는 게 이런 소리였었나!'

조금만 도발하면 바로 눈이 돌아가서 덤벼오는 수컷과 달리 암컷 캘커타 고릴라는 나름 머리를 쓸 줄 알았다.

이미 거리가 좁혀진 상태에서 상대방이 저렇게 나오자 수현은 상당히 곤란해졌다.

캘커타 고릴라가 둔한 몬스터도 아니고, 그가 허공에 있을 때 계속해서 나무와 돌을 탄막처럼 던지다 보면 피하는 데 한계가 있었다.

"젠장!"

그리고 수현이 잠깐 멈추자 바로 달려드는 캘커타 고릴라.
끈질기고 집요한 건 수컷과 똑같았다. 수현은 이런 것까지
같을 필요는 없다고 생각하면서 몸을 돌렸다.

허공으로 도약하는 게 힘들어졌다면 바닥에 붙어서 도망칠
뿐. 견제는 힘들어지겠지만 그쪽도 마찬가지가 될 것이다.

쾅! 콰쾅! 콰콰콰쾅!

뒤에서 요란하게 부서지는 소리가 들렸다. 캘커타 고릴라
가 힘으로 부수는 게 분명했다. 수현은 혀를 찼다. 이래서는
시간을 벌 여유가 없다.

총도 박살 난 상황에서 무기는 염동력밖에 없는데 그나마
도 방금 싸우느라 회복이 더딘 상태.

아무리 잘 쳐줘도 공멸밖에 떠오르지 않았다. 몬스터 하나
와 공멸하는 건 절대로 사양이었다.

'버틴다.'

피를 말리는 것 같은 도주였다. 뒤에서 분노한 몬스터가
죽일 기세로 쫓아온다는 건 사람의 정신을 칼로 깎아내리는
것이나 마찬가지였다. 이런 상황에 처하면 사람들은 보통 두
가지 선택을 하게 된다.

도망치는 걸 포기하고 죽거나, 멈춰 서서 자포자기식으로
덤벼들거나.

그러나 수현은 둘 다 아니었다. 아무리 괴롭고 힘들더라도

상황이 바뀔 때까지 물고 늘어지는 게 그의 방식이었다.

캘커타 정글은 넓고 깊었다. 계속 움직이고 움직이다 보면 언젠가 변수가 하나 나올 것이다.

'분명히 놈도 약점이 있다. 찾아내야 해!'

약점 없는 몬스터는 없었다. 세상의 모든 몬스터에게는 약점이 있었다. 암컷 캘커타 고릴라는 수컷과 다를 뿐이지, 분명 약점이 있을 게 분명했다.

⁂

체감상으로는 몇 시간 동안 쫓고 쫓기는 걸 반복한 것 같았다. 수현은 등줄기가 흠뻑 땀으로 젖은 걸 느꼈다.

상황이 점점 위험해지고 있었다. 그가 캘커타 고릴라를 잡으려면 염동력을 강하게 쓸 수 있도록 회복할 시간을 가져야 하는데, 놈은 절대로 시간을 주지 않고 계속해서 쫓아오고 있었다.

때문에 도망치느라 염동력을 소모했을 뿐 회복이 되지 않았다.

놈의 탈진을 먼저 기대할 수는 없었다. 몬스터 체력이 인간보다 좋으면 좋았지 나쁠 리는 없었으니까. 이대로 가다가는 수현의 체력이 먼저 깎여서 사로잡힐 것이다.

물론 그동안 성과가 아예 없지는 않았다. 약점을 하나 찾기는 한 것이다.

바로 놈의 후각이었다.

놈의 후각은 수컷보다 약한 게 분명했다.

수컷은 수현이 시야에서 벗어났을 때 별다른 혼란 없이 바로 일직선으로 달려들었는데, 암컷 캘커타 고릴라는 수현이 시야에서 벗어나면 일단 멈춰서 고개를 빠르게 흔들었다.

후각으로 수현을 잡고 있다면 불필요한 동작이었다.

'시각과 청각으로 다시 위치를 잡는 게 분명해.'

그렇다면 감각을 한 번만 차단시킬 수 있다면 따돌릴 수 있었다. 그럴 방법이 안 나와서 문제였지만…….

'나와라, 제발. 아예 없는 곳도 아니잖아!'

간절히 바라면 이루어진다. 수현의 기도가 통했는지, 멀리서 수현이 원하던 것의 소리가 들려왔다. 희미한 물 떨어지는 소리. 폭포가 분명했다.

캘커타 정글 지대에서는 가끔 절벽과 함께 아래로 확 꺾이는 지형이 발견되고는 했다. 그런 곳에서는 천연 폭포도 같이 있는 경우가 많았다.

'그렇지!'

수현은 슬슬 한계가 오는 것 같은 염동력을 최대한 쥐어짜서 속력을 올렸다. 보이지는 않지만 캘커타 고릴라가 움찔하는 게 느껴졌다.

타타탓!

방금까지 눈앞을 막고 있던 정글의 지형이 사라지고, 허공이 수현의 눈에 들어왔다. 절벽 아래로 뛰어내린 것이다.

반드시 죽이기로 마음먹은 목표가 갑자기 속도를 올리더니 절벽 아래로 사라져 버렸다.

그런 거로 포기한다면 캘커타 고릴라가 아니었다. 캘커타 고릴라는 포효와 함께 절벽 위로 점프했다.

쾅!

철벅거리는 물소리와 함께 캘커타 고릴라는 급하게 고개를 돌렸다. 그 인간이 움직일 때 나는 특유의 소리가 들리지 않았다.

크와앙!

혼란에 빠진 캘커타 고릴라는 주변 지형을 후려치며 반응을 이끌어 내려 했다. 누군가 이 주변에 움직이지 않고 숨어 있다면 이런 무차별적인 공격을 견딜 수 없을 것이다.

그러나 아무런 반응도 나오지 않았다. 캘커타 고릴라는 목표를 놓쳤다는 사실을 받아들여야 했다.

크와아아아아아아아앙!

'개새끼. 더럽게 시끄럽네…….'

차가운 동굴 바닥에 누워, 수현은 소모된 초능력을 회복시키는 데 전념하고 있었다.

초능력을 조금 더 일찍 확인했다면 능력을 더 능숙하게 사용할 수 있었을 텐데. 그러지 않은 탓에 지금 이 꼴이 났다.

첫 번째 캘커타 고릴라를 상대하는 데 초능력을 너무 많이 사용해서 두 번째 캘커타 고릴라를 상대할 때에는 도망만 쳐야 했던 것이다.

이 장소가 나오지 않았다면 죽었을 수도 있었다. 그렇게 생각하니 한숨이 나왔다. 캘커타 고릴라를 속인 건 간단한 트릭이었다.

처음에는 절벽에서 뛰어내린 후 염동력으로 폭포를 통과해 절벽에 붙어 있을 생각이었다. 그의 냄새는 폭포가 가려줄 것이 분명했으니까.

그러나 염동력으로 폭포를 통과하자 거기에는 동굴의 입구가 있었다.

사소한 행운이라면 행운이라고 볼 수 있었다. 캘커타 고릴라가 사라질 때까지 벽에 붙어 있는 건 고역이었으니까. 안 그래도 전속력으로 정글을 몇 시간 동안 질주한 탓에 온몸이 피곤했다.

따돌리기는 했지만 완전히 따돌렸는지는 아직 확신할 수 없었다. 만약의 상황을 대비해서 최대한 빠르게 염동력을 회복해야 했다.

초능력은 편리했지만 만능은 아니었다. 체력처럼 쓸 때마다 소모되는 힘이었고, 많이 썼으면 회복될 때까지 휴식을 취해야 했다.

'단 거를 챙겨둬서 다행이야.'

허리춤에서 초콜릿 조각을 꺼내서 입에 넣은 후 우물거렸다. 새삼스럽게 단맛이 피곤을 풀어주는 것 같았다. 정신이 조금 돌아오고 회복이 되는 것 같자 수현은 자세를 바로 하고 앉았다.

'내장은 안 다친 것 같고……. 부러진 곳도 없군.'

캘커타 고릴라한테 한 대 제대로 맞고서 정신없이 움직였기에 어떤 부상이 있을지 몰랐다. 그래도 커다란 부상은 없었다. 그나마 다행이었다.

여유가 생기자 슬슬 지금 직면한 문제에 대한 고민이 생겼다.

'언제 나가야 하지?'

캘커타 고릴라의 집착은 유명했다. 거기에 수현은 암컷 캘커타 고릴라의 짝을 죽인 셈 아닌가.

보통 원한이 아닐 것이다. 일단 숨어서 따돌리기는 따돌렸지만 완전히 따돌린 건지는 확실치가 않았다.

게다가 암컷 캘커타 고릴라는 지능이 수컷보다 높았다. 수현의 지식으로는 섣불리 판단하기가 조심스러웠다. 재수가 없을 경우에는 밖으로 나간 순간 매복하고 있는 놈과 마주칠 수도 있었다.

"끙······."

수현은 일어서서 동굴을 훑어보았다. 정신이 없어서 들어올 때는 생각이 들지 않았지만, 사실 카메론 행성의 동굴은 그다지 안전한 곳이 아니었다. 어떤 몬스터가 있는지 알 수 없는 것이다.

동굴에 있을 법한 몬스터들을 떠올리며, 수현은 불빛을 켰다. 일단 동굴 안쪽으로 더 들어갈 생각이었다. 동굴 안에 몬스터가 있어 봤자 바깥에 있을 캘커타 고릴라보다는 덜 위협적이었다. 수현의 힘으로 충분히 처리할 수 있었다.

'무엇보다 먹을 게 필요해.'

기습을 당하는 바람에 몸에 갖고 다니던 장비 몇 개와 간식거리 빼고는 전부 잃어버린 상태였다.

원래 수현은 식량이 없어도 캘커타 정글에서 먹을 수 있는 걸 찾으며 자력으로 생존할 수 있었지만, 지금은 바깥으로 나가지 못하고 동굴 안에 갇힌 상태였다. 먹을 게 한정될 수밖에 없었다.

작은 동굴이라고 생각했는데, 의외로 끝이 보이지 않았다. 안으로 걸어가면서 수현은 불길한 예감이 들었다. 드물지만 아무것도 살지 않는 동굴일 수도 있는 것이다.

그럴 경우 하루에서 이틀 정도를 여기서 초콜릿만 먹으면서 견뎌야 했다.

'그러고 싶지는 않은데…….'

그 정도면 초능력이야 다 회복됐겠지만 그렇게 허기진 상태에서 싸우는 건 사양이었다. 수현은 뭐라도 나와 주기를 기대하며 계속해서 안으로 들어갔다.

"……?"

처음에는 착각인 줄 알았다. 그러나 눈을 감았다 떠도 저 멀리서 푸른색 불빛이 보였다.

수현은 긴장으로 자세를 바로잡았다. 카메론 행성의 격언이 있었다.

'일단 뭔가 보이면 그건 몬스터라고 생각해라.'

동굴 안에 살고, 푸른빛을 뿜어내는 몬스터……. 수현의 기억으로 그런 놈은 없었다. 수현은 천천히 접근했다.

몬스터가 아니었다.

그것은 단지 푸른색 빛 덩어리였다. 수현은 무언가 홀린 것처럼 손을 뻗었다. 천천히, 조심스럽게…….

"……?!"

그리고 그 끝에 손가락이 닿는 순간, 수현은 어딘가로 끌려가는 느낌을 받으며 의식을 잃었다.

나름 이 행성에서 희한한 경험을 한 것으로 따지면 손가락 안에 들 수 있다고 자부했지만, 이런 경험은 또 처음이었다. 깨어난 수현은 그가 어디로 온 건지부터 확인했다.

아까와 비슷한 동굴이었지만 그 장소는 확실하게 아니었다. 공기의 냄새가 달랐다.

수현은 이 동굴 안이 빛을 비출 필요가 없을 정도로 이미 밝다는 걸 깨달았다. 그가 도착해 있는 곳은 거대한 원형 홀 같은 곳이었다.

출구도, 입구도 보이지 않았다. 보이는 건 중앙의 제단과 의자뿐.

"이게 무슨……."

차라리 알기 쉽게 덤벼오는 편이 나았다. 이렇게 영문도 모를 상황에 떨어지는 건 질색이었다. 수현은 다시 한번 주변을 훑어보았다.

아무리 봐도 출구나 입구가 없었다. 결국 수현은 포기하고 중앙으로 다가갔다.

중앙의 제단 위에는 한 권의 책이 있었다. 검은색 가죽으로 장정된 책은 기묘한 분위기를 풍겨냈다. 그리고 제단 앞에 있는 의자에는 시체가 앉아 있었다.

'인간이 아닌 것 같은데?'

꽤나 오래된 시체가 분명했다. 살점은 찾아볼 수도 없고, 백골만 남아서 앉아 있었으니 말이다. 그러나 수현은 뼈만으로도 종족의 구분이 가능했다. 이 골격 구조는 엘프의 골격 구조에 가까웠다.

'습격을 당했나.'

수현이 그렇게 생각한 것은, 엘프의 백골이 온전한 상태가 아니었기 때문이었다. 의자에 삐뚤어지게 앉아 있는 백골은 팔과 다리에 해당되는 뼈가 없었다. 사고로 인해 절단된 게 분명했다.

동병상련. 팔다리가 날아간 적이 있었던 수현이기에 팔다리가 날아간 엘프의 유해를 보자 동정심이 생겼다. 그는 적당히 위에 붙은 먼지를 털어내고, 백골의 시체를 똑바로 해서 의자에 앉혔다.

"훌륭하다."

"……?!"

"너는 두 번째 시험을 통과했다."

"뭔……."

수현은 바로 거리를 벌리고 주변을 훑어보았다. 그러나 적은 보이지 않았다.

"어디냐!"

"나는 대마도사 러벤펠트. 너 같은 이를 기다리고 있었다."

수현은 이 목소리가 어디서 들려오는 게 아니라는 걸 깨달았다. 머릿속에 직접적으로 전달되고 있었다.

'대마도사라고?!'

대마도사.

한 마디로 강력한 마법사라는 뜻이었다. 초능력자는 간간히 발견되는 카메론 행성이었지만 마법사는 전설에서만 나왔지, 실제로 발견된 경우가 없었다. 마법사가 불가능해서가 아니었다. 그만큼 희귀한 존재였기 때문이었다.

초능력자가 선천적으로 능력을 각성한 존재였다면, 마법사는 초능력자가 후천적인 노력을 통해 스스로의 능력을 갈고닦아 제2의 능력을 각성한 것을 의미했다.

초능력자들은 마나를 직감적으로 사용해서 능력을 쓸 수 있었지만 그건 어디까지나 선천적이고 고정된 능력이었다.

마법사는 초능력자처럼 한 가지의 능력만을 쓸 수 있는 게 아닌, 어떻게 사용할지만 익힌다면 이론적으로는 개수 제한이 없이 다양한 능력을 쓸 수 있는 존재였다.

이종족들과의 교류 와중에 문헌에서 나오지 않았다면 인류도 초능력자가 2차로 각성할 수 있다고는 생각지 못했을 것이다.

선천적인 재능으로 각성하는 초능력자도 극히 소수인 편

인데, 거기서 또 재능을 갈고닦아 마나를 인위적으로 다루는 방법을 깨달으려면 엄청나게 희박한 확률을 통과해야 했으니까.

수현도 실제로 마법사를 본 적은 없었다. 마법사에 대해서 들은 건 깊숙한 곳에 사는 이종족들 중 마법사가 있을지도 모른다는 소문 정도가 전부였다.

초능력도 지금 한참 연구가 진행 중인 분야인데 그보다 더 위의 분야인 마법은 연구 자체가 진행되지 않았다. 애초에 인간 중에서 마법사가 없었으니 당연한 일이었다.

"첫 번째로, 나는 너의 재질을 시험했다. 선천적인 능력이 없다면 여기에 오지 못했을 터."

"……!"

푸른색 빛 덩어리. 수현의 머릿속에 떠오른 건 바로 그것이었다. 수현이 손을 뻗었을 때 여기로 이동시킨 푸른색 빛 덩어리가 사실 그를 시험했다는 것인가?

"선천적인 능력이라면……. 초능력을 말하는 건가?"

그러나 목소리는 수현의 질문에 대답하지 않았다.

"두 번째로, 나는 너의 성품을 시험했다. 불손한 자라면 내 육신이 아닌 내 마도서에 먼저 관심을 가졌을 것이다. 만약 그랬다면 너는 내 목소리를 들을 수 없었겠지."

수현은 등에 소름이 돋는 걸 느꼈다. 한마디로 저 책을 먼저 만졌다면 그를 죽였을 거라는 게 아닌가. 호기심에 손가락이라도 잘못 놀렸다가는 그대로 죽을 뻔한 것.

"이런 개……."

수현은 인간이어서, 그리고 사고를 당한 적이 있어서 시체를 먼저 본 것이지만 다른 이종족이 여기에 왔다면 여기가 마법사의 동굴이라는 걸 먼저 깨달았을 것이다.

그들에게는 마법사의 이야기가 전설이 아닌 경험담에 가까웠으니까. 이 대마도사의 함정은 바로 그런 자들을 가려내기 위한 함정이었다.

어쨌든 운이든, 성품이든 수현은 시험을 통과했다. 일단 목숨을 부지했다는 것에 감사하며 수현은 물었다.

"이봐, 시험을 통과했으면 질문에 대답해 줘야 하지 않나?"

"지금쯤 궁금한 게 많을지도 모르겠군. 이해한다. 필멸자에게 호기심이라는 건 끝까지 끊을 수 없는 것이니까. 그렇지만 나는 네 질문에 대답해 줄 수 없다. 이건 내가 죽기 전에 남긴 말이니까 말이다."

"……듣고 있는 건 아니겠지, 설마."

묘하게 타이밍이 맞는 말에 기분이 찜찜해졌다.

"나는 내 능력을 각성하고 나서, 수십 년이 넘는 수련 끝에야 마법을 각성할 수 있었다. 그 이후로도 나는 계속해서 마법의 세계를 탐구했다. 마법의 세계는 끝없이 넓다. 발을 디디지 못한 자에게는 감이 오지 않겠지만……."

아무래도 러벤펠트는 겸손과는 거리가 먼 것 같았다. 수현은 이해할 수 있었다. 초능력자만 되더라도 오만한 놈들이 수두룩한데, 거기서 마법사까지 된다면 얼마나 스스로의 능력에 대한 자부심이 생기겠는가.

"수많은 주문을 만들고 탐구한 지 오래. 어느새 돌아보니 끝이 가까이 다가와 있었다. 아무리 대마도사라도 끝은 피할 수 없는 것. 죽음은 아쉽지 않다. 그러나 내가 생애 쌓아 올린 업적이 사라지는 건 도저히 용납할 수가 없었다. 그리하여 나는 이 시험을 준비했다. 능력이 되고, 성품이 된다면 주저하지 않고 내 마도서를 가져가라!"

끝으로 목소리는 더 이상 들리지 않았다. 수현은 못 박힌 것처럼 서서 움직이지 않았다.

'마도서를 가져가라고?'

아까 대놓고 함정을 팠다는 말을 들었기에 바로 움직일 생각은 들지 않았다. 수현은 일단 생각에 잠겼다. 조금 늦게 가져가더라도 저 마도서는 사라지지 않았다.

마도서. 러벤펠트의 말을 들어보니 저 마도서에는 그가 생전에 만든 마법들이 기록되어 있는 게 분명했다.

마법은 결국 인위적인 초능력이었다. 염동력이 아닌 다른 능력을 가진 초능력자가 각성해서 염동력을 사용하는 방법을 익힌다면 그게 바로 마법사였다.

그렇다면 저 마도서를 가진다는 건, 초능력의 개수를 늘려 준다는 것인가?

군침이 도는 이야기였다. 염동력 하나만으로도 몬스터와 맨몸으로 붙을 수 있을 정도의 응용이 가능했다. 여기서 더 추가가 된다면 뭘 할 수 있을지 상상이 가지 않았다.

수현은 조심스럽게 다가가서 마도서를 집어 들었다. 순간 마도서가 강렬하게 빛을 발하면서 타오르더니 수현의 손에서 고통이 느껴졌다.

"?!?!?!?!!"

고통 때문에 마도서를 놓으려고 했지만 떨어지지 않았다. 무언가 강력한 것이 손을 타고서 그의 안으로 들어오는 것 같았다.

'또 기절이냐……!'

그렇게 생각하며 수현은 다시 의식을 잃었다.

기절에서 깨어나자, 수현은 그가 원래 동굴로 돌아와 있다는 걸 깨달았다. 아까 그 공간이 아닌 어둡고 좁은 동굴이었다.

'꿈을 꾼 건 아니겠지?'

심장에서 느껴지는 이질감이 그가 꿈을 꾼 게 아니라고 말해주고 있었다. 수현은 눈을 감고 심장에서 느껴지는 이질감에 집중했다. 염동력을 발휘할 때처럼, 이 이물질에 힘을 집중한다면…….

"……!"

예상하지 못한 환상이 보였다. 수현은 허공에 떠 있었다. 그리고 그 주변으로 수많은 책이 지나다니고 있었다.

"마법의 길은 내가 가르쳐주겠지만, 그 마법을 터득하는 건 스스로의 힘이 필요할 것이다!"

러벤펠트의 목소리. 수현은 그가 맞는 방식으로 마도서를 사용했다는 걸 확신할 수 있었다.

그는 지나가는 책을 붙잡았다. 책을 열자 안에 있는 정보가 수현의 머릿속으로 직접적으로 쏟아져 들어왔다.

[발화]

화염초 : 0/5

칼라스의 불 : 0/2

샐러맨더의 정수 : 0/1

"이, 이건…….."

수현은 보자마자 이게 무엇을 나타내는지 이해할 수 있었다. 발화를 배우기 위해서 필요한 것들이었다!

　칼라스의 불이나 샐러맨더의 정수는 그가 무엇인지 모르지만, 화염초는 알고 있었다. 유명한 약초 중 하나였다.

　'마법을 터득하려면 스스로의 힘이 필요하다고?'

　발화 능력만을 봤지만, 필요한 것들이 만만치 않다는 걸 바로 알 수 있었다. 화염초도 희귀한 약초였지만 칼라스의 불이나 샐러맨더의 정수 같은 건 뭔지도 알 수 없었으니까 말이다.

　'그렇다면 지금 내게 가장 필요한 것부터.'

　수현은 대마도사가 될 생각은 조금도 없었다. 평생 마법만 수련해 봤자 그게 무슨 의미가 있겠는가. 그에게 초능력이나 마법은 총이나 칼 같은 것이었다. 편리하고 간편한 무기. 그 이상도 이하도 아닌 것이다.

　마법을 하나 익히는 데도 오랜 노력과 수고를 필요로 한다면 가장 쓸모 있고 필요한 것부터 찾아서 배워야 했다.

　수현은 그가 가장 원하는 게 무엇인지 알고 있었다. 예전부터 갖고 싶었고, 선망했던 초능력.

　바로 치유 능력이었다.

　'찾았다!'

[치유]

트롤의 피 : 0/10

트롤의 심장 : 0/1

백하초 : 0/1

'……아무래도 정말 트롤을 잡으러 가야겠군.'

필요한 것들 중 트롤에게서 나오는 게 두 개나 있었다. 딱히 트롤 사냥을 갈 생각은 없었지만, 이렇게 된다면 트롤이 아니라 트롤 할아버지라도 잡아야 했다.

치유 능력. 수현이 다쳤을 때 정말로 원하던 능력이었다. 이걸 마법으로 가지게 된다면…….

꿈에 부풀었던 수현은 고개를 흔들며 정신을 차렸다. 물론 놀라운 행운이었지만, 지금은 일단 해결해야 할 다른 문제가 있었다.

'어떻게 빠져나갈까?'

5장
트롤 사냥꾼(1)

수현은 나름 고민하며 조심스럽게 움직였지만, 의외로 문제는 쉽게 해결됐다. 폭포 밖으로 나가자 결국 캘커타 고릴라가 포기하고 돌아갔는지 보이지 않았던 것이다.

만약 마주치면 도시까지 전력으로 경주를 펼칠 각오를 했던 수현은 안도의 한숨을 내쉬었다.

쫓기는 상황이 아니라면 시간만 걸릴 뿐이지 쉽게 돌아갈 수 있었다. 수현은 방향을 파악하고서 움직이기 시작했다.

새로 생긴 용병 회사가 카메론 행성에서 바로 정식 업무를 해결하는 건 드문 일이다.

신생 업체는 괜히 신생 업체가 아니었다. 모인 이들도 경험이 부족하고, 업체 자체의 노하우도 부족했다.

카메론 행성은 언제 어디서 변수가 튀어나올지 모르는 곳이었기에 재수가 없을 경우 바로 실패하는 것이다.

조승현도 그걸 잘 알고 있었다. 이소희와 경험 많은 군인들을 영입하기는 했지만 그게 완전한 보장이 아니라는 것 정도는 알고 있었다.

경험 많은 군인들로 해결이 된다면 애초에 이런 사업 자체가 생기지 않았을 것이다. 군대로 카메론 행성 개척이 끝났을 테니까.

그렇기에 이번 일이 실패한다고 하더라도 그들을 탓할 생각은 없었다. 그러나 일은 정말로 예상 밖의 결과를 가지고 왔다.

좌표까지 성공적으로 도착했다고 한다.

거기에 좌표에서 자원을 발견하는 것까지 성공했다고 한다. 이것만으로도 충분히 축배를 들 만한 일이었다. 게다가 팀이 운이 좋았던 편도 아니었다. 가면서 몬스터까지 만나서 상대했다지 않은가.

원래라면 돌아오자마자 성대하게 축하 파티를 열어줬을 것이다.

그러나 지금 분위기는 좋지 않았다. 한 명의 실종자가 발생한 것이다.

'끙······.'

조승현은 머리를 벅벅 긁으며 보고서를 다시 한번 읽어보았다. 이걸 처음 읽었을 때에는 믿기지 않아서 이소희를 따로 불러서 물었다.

"아니, 정말로? 얘 누군지 알지? 새로 키우려고 넣은 신입이야."

"조금도 과장하지 않았습니다. 다른 사람들 불러서 물어보셔도 마찬가지일 겁니다."

경험 있는 군인들도 헤매는 게 카메론 행성이었는데, 기껏해야 한국군에서 신병 교육받다가 나온 신입이 몬스터 발견부터 시작해서 전투까지 거의 모든 것을 담당해서 처리했다니. 아무리 들어도 믿기지가 않았다.

'아무리 천재라도 이건 아니잖아?'

거기에 그 뒷일은 더 기가 막혔다. 좌표에 도착했을 때 캘커타 고릴라를 조우했고, 신입이 따돌려서 팀이 무사히 귀환할 수 있었다는 것이다.

'내가 신입을 데려온 건가? 아니면 무슨 신분을 숨기고 있는 은둔 고수를 데려온 건가?'

나이라도 있으면 의심이나 하지, 수현의 신분은 확인했다.

혹시 몰라서 이미 확인을 끝낸 것이다. 나이도 틀리지 않았고 한국군에 입대했다가 바로 나온 게 기록에 남아 있었다.

도저히 믿을 수가 없어서 다른 사람도 불렀다.

"창식아, 얘가 그렇게 대단했어?"

"진짜 대단했다니까요. 신입 없었으면 우리 다 죽었어요."

"……알겠어. 나가 봐. 수용이 불러주고."

김창식이 나가고 박수용이 안에 들어왔다.

"수용아, 솔직하게 말해봐. 신입이 처음부터 실종됐다고 보상금 넉넉히 챙겨주려는 거면 걱정하지 마라. 내가 그런 거 사기 치는 놈 아니라는 거 잘 알잖아."

그가 모은 대원들이 인성이 더러운 놈들은 아니었으니, 실종된 신입에게 보상금이라도 넉넉하게 챙겨주려고 공을 몰아준 게 아닌가 싶어서 물어봤다. 그러나 박수용은 냉정하게 고개를 저었다.

"그런 거 아닙니다. 전부 다 김수현이 한 거 맞습니다."

"정말로?"

"제가 이런 걸로 거짓말하는 것 같습니까? 사장님, 저를 못 믿으시겠다면 지금 당장에라도 나가겠습니다."

"아니, 못 믿겠다는 게 아니라! 기다려봐. 너무 믿기 힘든 말이라서 그래."

박수용은 실력 자체는 괜찮고 성품도 나쁜 편은 아니었지만 너무 외골수였다. 조승현은 속으로 투덜거리며 그를 달랬다. 이놈은 농담이 통하지 않는 놈이었다.

'내가 그래도 지 고용준데…….'

물론 밖으로 꺼내지는 않았다. 대번에 따지고 들 테니까 말이다.

"지구에서 경험 있던 놈도 아니고, 어떻게 이게 가능한데? 나도 좀 이해할 수 있게 설명해봐."

"부모님이 모두 카메론 행성 군인 출신이라고 들었습니다. 말하는 걸 들어보니 어린 시절에 꽤나 이 주변을 돌아다닌 것 같았고요."

"어린애를 데리고 저 안으로 들어간 사람들이 있었다고?"

"그렇다는데 어쩌겠습니까?"

"나보다 더 무모한 사람들도 있었군……."

졸지에 수현의 부모는 비상식적인 인물들이 되었다.

"알겠어. 나가 봐."

"사장님."

"응?"

"김수현한테 보상금 좀 더 챙겨주셨으면 좋겠습니다. 저나 다른 대원들 몫에서 좀 더 떼어줘도 상관없으니……."

"너야 상관없는데 다른 놈들한테 물어봤어?"

"물어보면 동의할 겁니다."

"알겠어. 그건 걱정하지 말고, 가서 푹 쉬어. 고생 많이 했으니까."

"예."

문이 닫히고 나서, 조승현은 의자를 뒤로 젖힌 후 천장을 쳐다보았다. 그도 나름 별 경험을 다 해봤다고 생각했지만, 이번 일은 정말 신기한 일이었다.

'사실 요정이 날 찾아와서 도와준 다음 사라진 거 아냐?'

이런 망상을 할 정도로 말이다. 망상은 거기까지만 하기로 하고, 조승현은 현실로 돌아왔다.

일단 저런 증언을 들었으니 김수현의 활약은 확실했다. 박수용까지 저렇게 나서서 말할 거라고는 상상도 하지 못했다. 저 무뚝뚝한 놈이 저렇게 나서다니…….

김수현의 능력이 사실이라면, 보통 보물이 아니었다. 거의 혼자서 팀을 지탱한 수준 아닌가. 아무리 신입이라도 저렇게 재주가 있는 놈을 탐내는 곳은 얼마든지 있었다.

'그런데 왜 내 회사에 들어온 거지? 다른 대기업에 가는 게 낫지 않았나?'

차라리 테스트를 받고서 능력을 보여주는 게 낫지 않았을까 생각이 들었지만, 그것도 지금에 와서는 의미 없는 이야기였다.

'끙……. 내가 너무 계획을 허술하게 세운 건가. 욕심에 눈

이 멀어서?'

비교적 쉬운 일이라고 생각했다. 재수 없는 일만 안 생기면 그들 정도의 능력으로 원활하게 해낼 수 있다고 판단했던 것이다.

경험 많은 군인들에, 파워 아머까지. 캘커타 지역 정도라면 충분히 가능하다고 생각했었는데…….

결과는 일은 성공했지만 신입의 목숨을 대가로 간신히 대원들이 돌아온 셈이었다. 이런 일에서 사람의 죽음은 언제나 발생하지만 그렇다고 그게 익숙해지지는 않았다.

게다가 그 신입의 능력이 어마어마했다면 더더욱. 사람 장사를 하는 그였기에 그가 김수현의 능력을 못 알아보고 낭비한 게 아닐까 하는 자책감이 들었다.

그냥 신입 한 명이 죽은 거라면 대원들도 빨리 회복할 수 있었겠지만, 분위기를 보아하니 김수현은 얼마나 됐다고 꽤나 분위기를 이끈 모양이었다.

이 바닥에서 잔뼈가 굵었기에 조승현은 알 수 있었다. 구심점이 되는 사람과 되지 못하는 사람의 차이를.

전자는 있는 것만으로도 팀을 뭉치게 하고 잘 돌아가게 하지만 후자는 있나 없나 그다지 차이가 나지 않았다. 대신 사라졌을 경우 타격은 전자가 더 컸다.

'젠장. 정신 차리자. 이미 벌어진 일. 수습해야 해. 내가 사

장이다.'

일단 결과적으로 보면, 일은 성공적이었다. 좌표 확인도
했고 자원도 찾았고……. 대원 한 명의 손실은 통계로 보면
의미 있는 수치가 아니었다. 그렇게 생각하며 조승현은 애써
마음을 달랬다.

'그보다 애 보상금은 어디로 넣어줘야 하나? 가족도 없는
놈인데…….'

쾅!

"……?!"

"김수현. 지금 복귀했습니다."

"?!?!"

"너, 너, 너, 너, 살아 있었냐!"

"애초에 죽은 적이 없는데요."

조승현의 고함에 대원들은 무슨 일이라도 생긴 줄 알고 재
빨리 사장실로 뛰어갔다.

카메론 행성은 무법지대는 아니었지만 그래도 아직까지는
야생의 땅이었다. 인류가 세운 도시에도 사건은 터질 수 있
었다.

그러나 사장실에 있는 건 괴한이 아닌 흙투성이가 된 김수현이었다.

"설마 일주일 늦게 돌아왔다고 사망자 처리하신 거……?"

"아직 안 했지만, 아니, 어떻게?"

다들 귀신을 보는 눈으로 수현을 쳐다보았다. 김창식은 노골적으로 수현의 허리와 팔을 찔러볼 정도였다.

퍽!

"아야! 뭔 짓입니까, 수용 선배!"

"다쳤을지도 모르는 사람한테 너야말로 뭐하는 짓이냐!"

박수용은 수현을 건드리는 김창식의 손을 거칠게 쳐냈다. 김창식은 억울한 목소리로 외쳤지만 박수용의 말에 반박할 수가 없어서 조용히 입을 다물었다.

"김수현 대원이 돌아왔다고요?!"

마지막으로 이소희까지. 사람들이 우글거리기 시작하자 조승현은 얼굴을 찌푸렸다.

"자. 알겠어! 김수현 대원이 귀환했다. 모두들 알았으니 김수현 대원 빼고 다들 밖으로 나가! 상황을 들어봐야 하니까!"

조승현의 일갈에 다들 머뭇거리며 바깥으로 나갔다. 다들 김수현에게 물어보고 싶었던 게 많았던 것이다. 그러나 모두의 표정은 한층 밝아져 있었다. 실종된 것으로 알고 있었던 신입이 돌아왔다는 것 자체만으로도 충분히 기뻤던 것이다.

"아. 잠깐. 이야기하기 전에……. 어디 다친 곳 있나? 바로 병원부터 가야지. 기껏 돌아왔는데 부상 때문에 죽으면 너무 억울하잖아."

"아뇨, 부상 없습니다."

"정말로?"

"못 믿겠으면 같이 병원 가셔도 좋습니다."

"그래. 그러면 대화 끝나고 같이 가보자고."

"……?"

정말로 같이 가자고 할 줄은 몰랐기에, 수현은 조승현을 괴상한 눈빛으로 쳐다보았다. 기본적으로 용병은 몸 관리를 스스로 해야 하는 직업이었다.

아픈데 안 아프다고 했다가 나중에 탈이 나면 그건 그의 잘못이었지 다른 사람의 잘못이 아니었다. 그런데 정말로 병원에 같이 가서 검사를 받자니.

'이 양반 왜 이래?'

수현은 늦게, 그것도 지금 막 와서 회사의 분위기를 못 느끼고 있었다. 조승현이 그가 얼마나 대단한 일을 했는지 대원들에게 따로 듣고 듣고 또 들었다는 것도 당연히 알지 못했다.

"돌아온 사람한테 바로 묻는 게 미안한데, 어떻게 돌아왔지? 물어봐도 괜찮나?"

"당연히 물어봐도 괜찮죠. 일이잖습니까. 기록에 남겨야죠."

"어, 어, 그렇지."

무슨 놈의 신입이 보여주는 모습이 평생 전장에서 굴러먹은 용병 같은 모습이었다. 조승현은 무의식적으로 자세를 바로 잡았다.

"캘커타 고릴라 상대로 도주하는 건 확실히 힘든 일이었습니다. 애초에 그놈 파워는 거의 파워 아머급이니까요."

"그렇지."

그 좌표 주변에서 캘커타 고릴라가 출몰할 거라고는 조승현도 생각지 못했다. 알고 있었다면 당연히 그런 작전 따위는 시도하지 않았을 것이다.

"그렇지만 저는 놈을 상대할 때 몇 가지 요령을 알고 있었습니다."

"정말로? 어떻게?"

"부모님께서는 거의 반평생을 이 행성에서 보내셨죠. 당연히 캘커타 고릴라와도 상대한 적이 있으셨습니다."

"아. 그랬었지."

"일단 무거운 건 전부 버렸습니다. 총은 어차피 놈한테 데미지 주기는 힘들어서 버렸고요. 그리고 놈이 쫓아오기 힘들 만한 곳으로 도망쳤습니다."

"그게 가능해?"

"운이 좋았죠. 솔직히 저도 제가 죽을 줄 알았거든요."

수현이 말하는 건 실제로 캘커타 고릴라를 상대한 사람이 들었다면 코웃음을 쳤을 정도의 헛소리였다.

캘커타 고릴라를 상대할 때에는 쫓아오기 힘들 만한 곳으로 도망친다는 게 불가능했다. 일단 인간보다 캘커타 고릴라가 빠르고, 어지간한 장애물 따위는 숨도 쉬지 않고 부숴버리는 게 캘커타 고릴라였기 때문이었다.

그러나 조승현은 캘커타 고릴라의 악명은 많이 들어봤어도 실제적인 능력은 제대로 알지 못했다. 그렇기에 수현의 말을 듣고 속아 넘어갈 수밖에 없었다.

"어차피 제가 할 수 있는 건 별로 없었고, 거기서 죽으면 죽는 거라고 생각했습니다. 그렇게 버티다 보니 어느 순간 고릴라가 돌아가 있더군요."

"그래서 그때 바로 돌아왔나?"

"아뇨. 거기서 더 기다렸죠."

"……?"

동굴에서 마법사가 만든 유적으로 들어가 각성하게 되었다는 걸 말할 생각은 조금도 없었다.

수현은 세상일이 그렇게 쉽게 굴러가지 않는다는 걸 잘 알고 있었다. 지금도 세계 각국이 초능력에 대해 연구하기 위해 눈에 불을 켠 상태인데, 그가 인류 처음으로 마법사가 되었다는 걸 밝힌다면 칭송받고 대접받을 가능성보다 납치당해서 실험체가 될 가능성이 컸다.

조승현이 그를 팔아넘길 정도로 사악하다고 생각하지는 않았지만, 한 번 비밀이 새고 나면 그 비밀은 퍼질 확률이 높았다.

수현은 그럴듯한 이유로 넘어갈 생각이었다. 한동안은 이엉클 조 컴퍼니가 그의 방패막이 되어줄 것이다. 여기서 일을 하면서, 그의 마법 능력을 살찌워야 했다.

그가 얻은 기회가 얼마나 대단한 것인지는 수현도 잘 알고 있었다. 그러나 섣불리 나섰다가는 화만 당했다. 전생의 기억이 아직도 생생했다.

천천히, 돌아가게 되더라도 칼을 갈고 닦으며 이 안에서 힘을 키운다. 그리고 찾을 것이다.

그를 엿 먹인 놈들을!

"캘커타 고릴라는 먹잇감을 놓쳐도 바로 돌아가지 않거든요. 그 주변을 어슬렁거리면서 기다리거나 다른 놈을 찾는 경우가 많다고 들었습니다. 그래서 거기서 위장을 하고 기다렸습니다."

"……!"

조승현은 그 말을 듣고 속으로 경악했다. 방금 수현이 한 말은 기껏해야 스무 살이나 된 놈이 할 말이 아니었다.

말이야 맞는 말이었다. 꼭 캘커타 고릴라뿐만이 아니라 다른 몬스터들이라도 한 번 따돌렸다고 안심할 경우 오히려 화를 당할 수 있었으니까.

그러나 그런 사실과 실제로 그걸 해내는 건 별개였다. 팀원들과는 불의의 사고로 갈라진 상태에서, 만약 제때 합류하지 못한다면 캘커타 정글에서 혼자 살아남아야 하는데 그걸 알고서도 버틸 수 있는 놈이 있을까? 혹시 모를 캘커타 고릴라의 위험을 피하기 위해서?

아니다. 십중팔구는 조금 위험하더라도 일어나서 바로 합류를 하기 위해 움직일 것이다.

조승현은 이제야 확신이 섰다. 이놈은 거물이었다. 나이는 어려도 확실했다. 크게 될 놈은 나이와 상관없이 그 싹이 보였다.

'내가 제대로 보물을 주웠구나!'

이 순간, 조승현은 결심했다. 다른 건 몰라도 수현은 반드시 데리고 간다. 이놈은 아직 경험이 적고 미숙한 모습이 있어도 경험이 쌓이고 나면 그의 회사의 핵심이 되어줄 놈이었다.

"하루 정도 지나고 나자 확신이 서더군요. 놈이 완전히 떠났다는 걸. 그때부터 방향을 잡고 도시로 돌아왔습니다."

"돌아오는 데 어렵지는 않았나? 아니, 거기가 애초에 그렇게 돌아오기 쉬운 게 아니잖아!"

'도시로 돌아왔습니다'라고 쉽게 말했지만, 사실 이것도 어마어마한 일이었다. 총이 있어도 캘커타 정글 지대는 만만한 곳이 아니었는데, 총을 잃어버린 상황이라면 더더욱 위험한 것이다.

"몇 번 아슬아슬한 상황이 있기는 했는데……. 이것도 운이 좋았죠. 물론 제가 위험을 미리 피하긴 했습니다만."

전혀 잘난 척으로 들리지 않았다. 조승현은 수현의 말에 수긍했다. 그렇지 않다면 아예 설명이 되지 않았으니까.

"그래……. 고생 많았다. 네 덕분에 일은 잘 해결됐어. 의뢰주가 아주 대만족하더군. 물론 캘커타 고릴라 때문에 바로 거기로 가지는 못하겠지만."

"거기서 자원 캐내려면 파워 아머 몇 대는 있어야 할 겁니다. 거기에 병력도 좀 필요할 거고요."

"그거야 그쪽에서 알아서 할 일이지. 어쨌든 보상은 받아야지. 돈은 통장에 넣어뒀다. 맞다. 그러고 보니 너 만약의 상황에 돈 줄 곳이 없던데, 어떻게 할래?"

"줄 곳이 없으면 못 주는 거죠, 뭐. 그냥 다른 분들 주십시오."

"액수 보면 알겠지만 넌 다른 사람들보다 조금 더 받았을

거야. 괜히 이상하게 생각하지 말고. 다른 사람들도 다 동의
했다.”

“그랬습니까?”

이건 수현도 의외였다. 그의 안에서 용병들은 돈 한 푼에
목숨을 거는 사람들이었다. 만약 다른 사람이 자신이 받을
보수를 가지고 가면 싸움도 불사할 줄 알았다. 그런데 그에
게 더 후한 보수를 제안하다니.

“그만큼 네가 이번에 활약했다는 거겠지. 어쨌든 고맙고,
앞으로 잘해보자.”

“그러죠.”

수현은 피식 웃으면서 조승현이 내민 손을 붙잡고 악수
했다.

수현이 돌아왔을 때 다들 놀란 것에 비교한다면, 그 뒤의
반응은 비교적 심심했다. 죽은 줄 알았던 사람이 살아 돌아
온 건 놀라웠지만 일단 한 번 놀라고 나니 수현에게 다가가
어떻게 된 거냐고 호들갑을 떨기가 조금 애매했던 것이다.

수현과 그렇게 대화를 많이 한 것도 아니고 친한 것도 아
니니 더더욱.

결국 수현에게 다가와 어떻게 된 건지 따로 물어본 건 김창식 정도밖에 없었다. 이소희나 박수용은 한두 마디 정도 말하고 지나갔을 뿐이었다.

"야, 너 재주도 좋다. 어떻게 거기서 살아 돌아왔냐?"

"운이 좋았죠."

김창식이 말을 거는 걸 적당히 흘리며, 수현은 무기를 점검했다. 그리고 눈을 감고 마도서를 작동시켰다.

[치유]

트롤의 피 : 0/10

트롤의 심장 : 0/1

백하초 : 0/1

'역시 트롤을 잡으러 가야 해.'

백하초를 제외하고서라도 일단 트롤에게서 나오는 게 둘이나 됐다. 그렇지만 마음대로 트롤을 잡으러 갈 수는 없었다. 지금 그는 엄연히 회사에 소속되어서 일하는 용병이었다.

용병의 일이 불규칙하고 비교적 자유로운 편이기는 했지만 멋대로 움직일 수는 없었다.

"그보다 제가 돈을 좀 더 받은 것 같던데. 그거 괜찮습니까?"

"응? 아. 그거. 수용이 형이 그러자고 말 꺼냈는데 다들 뭐라고 반박을 못 하더라. 하긴 나 같아도 반박 못 했겠지. 너 때문에 목숨 구한 거잖아, 다들."

김창식은 당연하다는 듯이 고개를 끄덕였다. 수현은 캘커타 고릴라를 유인한 걸 그다지 대단하다고 생각하지 않고 있었지만, 다른 이들의 입장에서 본다면 수현은 스스로의 안전을 희생해서 그들의 목숨을 구해준 것이나 다름없었다.

"그러고 보니 박수용 씨는 볼수록 의외군요."

"그 형이 까칠하게는 굴어도 은원은 확실하게 갚아. 그때 캘커타 고릴라 떴을 때 우리 다 도망쳤잖아. 그러고 나서 돌아가서 너 확인하고 오자고 한 게 그 형이었어."

"......?"

수현은 상상이 가지 않아서 고개를 갸웃거렸다. 그 퉁명스럽게 말하는 사람이 그런 말을 했다고? 박수용이 돌아온 수현에게 한 말은 '잘 돌아왔다'라는 한 마디뿐이었다.

그런 수현에게 김창식은 주변을 두리번거리며 작은 목소리로 물었다.

"근데, 얼마 더 받았냐?"

"선금 거르고 총 들어온 것만 대충 사천만 원 정도……."

"크. 천만 원 더 받았네. 부러운 자식. 어디에 쓸 거야?"

"장비랑 무기 사는 데 쓸 겁니다."

"야. 넌 신입이 대체 왜 그래? 신입이면 막 술에 낭비하거나 도박에 낭비하거나 여자에 낭비하거나 해야지!"

"……."

김창식의 항의를 수현은 어이가 없어서 무시했지만 그의 항의는 반쯤 진심이 담긴 말이었다.

새로 시작하는 용병들이 다들 수현 같은 건 아니었다. 간신히 목숨을 구하더라도 바로 장비를 구입하는 이들은 드물었다. 목숨을 걸고 돈을 벌었으니 바로 써버리는 이들이 많은 것이다.

"에이, 재미없는 녀석."

"아. 그러고 보니 다음 임무는 어떻게 됩니까?"

"응? 최소 3개월 정도는 쉴걸?"

"확실해요? 그건 어떻게 압니까?"

"일단 이런 일 끝내면 보통 어느 정도 쉽잖아. 거기에 우리는 일이 쌓여 있는 상태도 아니고. 무엇보다 사장님이 3개월 정도 후에 다음 일 뛸 것 같다고 하셨거든."

"잘됐네요."

"……?"

김창식은 수현이 무슨 뜻으로 잘 됐다고 하는지 이해가 가지 않았다. 목숨을 걸고 싸우는 만큼 용병들에게 휴식 기간은 필수적이었지만, 3개월은 너무 길다는 말이 많았다.

바쁘게 일하는 곳에서는 일주일도 안 쉬고 바로 다음 일을 뛰는 용병들도 있었던 것이다.

이번 임무가 성공적이었고, 회사 규모가 작았기에 어느 정도 다들 이해를 해주는 것이지 회사 규모가 크고 일이 많이 들어오는데 저런 휴식 기간을 배정해 줬다면 당장에 말이 나왔을 것이다.

"혹시 사냥 좋아하십니까?"

"크, 우리 신입이 이렇게 기특한 생각도 하고 말이야. 솔직히 말해봐. 내가 저번에 말한 것 때문에 끌린 거지? 응?"

"편한 대로 생각하셔도 됩니다."

"그렇게 딱딱하게 말 안 해도 된다. 형이라고 편하게 불러도 괜찮아!"

김창식은 신이 나서 가슴을 두드렸다. 그가 이렇게 신난 이유가 있었다. 수현이 그한테 말한 제안 때문이었다.

'트롤 사냥이라니!'

예전부터 트롤이 돈이 된다는 건 소문으로 꾸준히 들어왔었다. 카메론 행성에서 돈이 되지 않는 몬스터가 어디 있겠냐마는, 트롤은 그중에서도 몇몇 일확천금을 챙긴 사냥꾼들의 소문으로 부풀려진 몬스터였다.

강력하기 짝이 없는 몬스터였지만 수현은 오히려 다른 걸 걱정했다. 허락을 받을 수 있을지 없을지. 그러나 일은 생각보다 쉽게 풀렸다.

조승현에게 묻자마자 그는 흔쾌히 허락해 준 것이다. 몸조심해서 갔다 오라는 건 덤이었다.

'거 참, 사람이 좋군.'

조승현이 수현을 팍팍 밀어서 키워주기로 마음먹었다는 걸 몰랐기에 수현은 의아할 수밖에 없었다.

"그런데 지금 어디로 가는 거야?"

"당연히 장비 사러 가는 거죠. 설마 그 평상시 장비로 트롤을 사냥하려 하셨습니까? 제가 저번에 트롤 사냥꾼들은 전문 장비 쓴다고 했잖습니까."

"아, 그랬지!"

수현이 빤히 쳐다보자 김창식은 민망한 표정으로 너털웃음을 흘렸다. 그보다 훨씬 경험이 없는 신입보다 생각이 적었다는 게 부끄러운 것이다.

"그런데 트롤 잡는 데 쓰는 장비는 얼마 정도 하지?"

"그거야 사람에 따라 다르죠. 용병들도 그렇지 않습니까? 많이 쓰면 많이 쓸수록 편하게 사냥하는 거고…….."

용병들도 장비에 돈을 투자하는 건 제각각 차이가 컸다. 돈을 방탕하게 쓰거나 다른 곳에 쓰기 위해 모아두는 용병들은 조금 위험할지라도 장비에 쓰는 돈을 아끼곤 했다.

특히 신입들은 그런 경우가 많았는데, 때문에 고참 용병들은 신입들에게 '푼돈 아끼다가 죽는다'고 훈계를 할 정도였다.

"저는 천만 원 정도는 쓸 생각입니다."

"뭐?! 진짜?!"

"장비 보니까 돈 아끼는 것 같지는 않던데, 왜 그렇게 놀라죠?"

"이미 여기에 돈 많이 썼으니까 놀라는 거지. 트롤 상대하느라 또 그렇게 써야 해?"

"트롤 잡으면 돈이 나오잖습니까. 투자는 과감하게 해야죠."

"그래도 이건 너무 과한데……. 뭘 살 건데 그렇게 돈이 많이 필요한 거야?"

"사실 이번 기회에 다른 곳에 쓸 장비도 다 구해둘 생각입니다."

"아. 너는 확실히 기본적인 거 말고는 없겠군."

시작할 때 조승현이 사비를 털어서 먼저 장비를 제공해 주기는 했지만 그게 완벽하지는 않았다. 소총에 기본적인 방어구에 기타 도구 정도. 본격적으로 뛰기 위해서는 스스로 장비를 갖춰야 했다.

"일단 총부터 삽시다. 선배가 가던 총포상은 어디죠?"

"응?"

김창식은 수현이 말하던 대로 계속 따르다가 수현이 처음으로 그에게 묻자 얼굴이 환해졌다.

"그래. 내가 잘 아는 곳이 있지. 따라와!"

수현은 언제나 군 내에서 장비를 받아서 썼기에 도시의 괜찮은 총포상은 알지 못했던 것이다.

처음으로 선배다운 면을 보여줄 기회라고 생각하며 김창식은 발걸음을 옮겼다.

카메론 행성이 발견되고 나서 호황을 맞은 산업은 한두 개가 아니었다.

그중에는 무기 개발 산업도 있었다. 카메론 행성의 전투는 지구에서의 전투와는 전혀 달랐고, 다른 방식의 접근이 필요했다.

총도 마찬가지였다. 카메론 행성은 새로운 개척지였고, 거기를 탐험하기 위해 뛰어든 사람들은 탐험가였다.

당연히 그들을 위한 총들이 우후죽순으로 쏟아져 나왔다. 채 백 년도 안 되는 사이에 온갖 독특한 모델들이 나왔다가 사라졌던 것이다.

이번 임무에서 그들이 사용했던 소총은 M19. 총기류의 스테디셀러로 어떤 상황에서도 대응할 수 있는 무난한 성능에, 회사의 명성에 걸맞은 신뢰도를 가지고 있었다.

일단 처음 시작하는 용병들이 이걸 가지고 시작하는 건 나쁜 선택은 아니었다.

'그렇지만 너무 무난한 감이 있지.'

수현은 그렇게 생각했다. 카메론 행성의 가장 독특한 점은, 순식간에 상황이 바뀐다는 점이었다. 그것도 그 낙폭이 엄청나게 컸다. 그런 환경에서 버티기 위해서는 너무 무난한 성능으로는 힘들었다.

캘커타 지옥악어만 해도 이 소총으로는 장기전을 가야 할 정도니 화력면에서 부족한 감이 있었고, 트롤이나 캘커타 고릴라까지 간다면 더 말할 필요가 없었다.

물론 그런 단단한 놈들은 애초에 상대할 때 전용 무기나 중화기를 들고 가는 게 보통이지만…….

"어서 오게. 뭐 찾는 거라도 있나? 카탈로그는 여기 있고, 저기 뒤에 가면 직접 볼 수도 있어."

"혹시 바렛트 M110 있습니까?"

"뭐?"

총포상 주인은 수현의 말을 듣고 어이가 없다는 표정을 지었다. 그는 수현에게 말을 하는 대신 김창식을 쳐다보았다.

이미 김창식을 알고 있었던 그는 김창식을 타박했다.

"이봐, 후배를 데려온 모양인데 아무리 그래도 이런 장난을 치면 쓰나."

"뭐요? 난 아무 말도 안 했어! 애가 멋대로 말한 거라고! 잠깐만. 너 그 총이 뭔 총인지는 알지? 그거 들고 정글을 돌아다니겠다고?"

"평소에는 분해해서 들고 다니면 됩니다."

"무게는 어쩔 건데!"

"그 정도는 견뎌야죠. 몬스터 상대하는 데 그 정도 화력이 없으면 애초에 의미가 없습니다."

바렛트 M110.

강력한 탄환을 사용하는, 대몬스터 저격총이었다. 보통 몬스터는 단단한 피부와 끈질긴 체력을 가지고 있는 경우가 많았기에, 대몬스터 저격총은 그것을 뚫고 데미지를 입힐 정도의 화력이 필요했다.

문제는 그런 화력을 만들기 위해서는 필연적으로 총이 커질 수밖에 없다는 것이었다. 안 그래도 이동을 많이 하고 언제 어디서 빠르게 도망쳐야 할지 모르는 카메론 행성이었다. 거대한 무기는 양날의 검이었다.

바렛트 M110은 인류가 카메론 행성에 진출했을 때 처음 만난 대형 몬스터 때문에 쇼크에 빠지자 총기회사에서 야심

차게 출시한 물건이었다.

처음에는 개인이 대형 몬스터를 상대할 수 있다는 점에서 많은 관심을 받았지만, 그 관심은 얼마 지나지 않아 시들해졌다. 바로 그 무게와 덩치 때문이었다.

카메론 행성에서 개인이 대형 몬스터를 상대하는 방법은 일단 도망이었다. 싸움은 파워 아머나 중화기를 들고 있을 때나 하는 것이었지, 일개 개인이 총 하나 들고 덤비는 건 거의 없다고 봐야 했다.

카메론 행성의 자원을 찾아서 개발만 하면 돈이 쏟아져 나오는데 굳이 목숨을 걸고 몬스터와 싸울 필요가 없었다. 최대한 민첩하게 도망 다니며 임무를 완수하는 게 더 이익이었다.

그런 점에서 봤을 때 바렛트 M110은 그 화력에 비해 단점이 너무 많은 물건이었다. 용병들은 저거 들고 다니다가는 몬스터한테 따라잡혀서 죽거나 탈진해서 죽기 딱 좋겠다고 투덜거릴 정도였다.

그러나 수현은 이 화력에 모든 걸 쏟아 넣은 총기를 좋아했다.

특수부대로 일했던 수현은 몬스터를 피할 수 없는 상황이 많았다. 국가의 사업에 방해되는 몬스터는 미리 제거를 해둬야 했다.

그런 그에게 있어서 이런 고화력 무기는 잘만 사용한다면 사냥을 몇 배로 쉽게 만들어주는 무기였다.

"야. 다른 거 사자. 저거 들고 다니다가는 너 허리 나가!"

"진짜 괜찮다니까요? 제가 제 돈 주고 사는 거니까 걱정 안 하셔도 됩니다."

수현의 능력을 모르는 김창식은 수현이 무모한 짓을 한다고 생각해서 안절부절못했다.

"트롤 사냥은 다른 거로도 가능하잖아. 차라리 로켓 발사기를 사자고. 그게 더 쉬워. 놈은 불에 약하다고 했어."

"로켓 발사기? 누가 로켓 발사기로 트롤을 잡으라고 했습니까?"

"어? 예전에 군대에서 같이 있었던 놈이 한 소리였는데. 뭐 틀린 점이라도 있어?"

"로켓 발사기로 트롤 잡았는데 아직까지 살아 있는 놈은 더럽게 운이 좋은 멍청이입니다. 조금만 경험이 있는 놈이면 감히 그런 짓을 못 할 걸요. 그 헛소문은 예전에도 있었는데 아직도……."

수현의 말에 김창식은 이해가 가지 않아 의문을 표했다.

"왜? 트롤 상대하기 좋지 않아?"

"하…… 어디부터 설명을 해야 하지. 일단 저걸로 트롤을 잡으면 트롤 가격이 깎입니다. 가죽부터 해서 피까지 많이

상하거든요."

몬스터를 상대하는 건 목숨을 건 일이었지만, 동시에 누군가에게는 사업이기도 했다. 김창식은 이런 현실적인 이야기를 들을 줄은 몰랐다고 생각하며 고개를 끄덕였다.

"거기에 로켓은 너무 화려해요. 그거 트롤 잡는 데 썼다가는 그거 보고서 달려드는 놈들부터 먼저 상대해야 할 겁니다. 게다가 가장 큰 문제는 저지력이에요. 그거 맞으면 트롤도 쉽게 회복은 못 하는데, 놈은 그 정도로 다친 상태에서도 움직일 수 있거든요? 당황하다가 바로 거리 좁혀지고, 그러면 그대로 끝입니다. 불 쓸 거면 차라리 화염병 같은 거 쓰는 게 낫습니다. 다른 무기랑 조합해서요."

수현의 말에 김창식은 등골이 오싹해졌다. 군대에 있었을 때 허풍을 떤 놈의 말만 믿고 미친 짓을 할 뻔했다.

'젠장, 어쩐지 좀 수상했어!'

그렇게 트롤에 대해 잘 안다는 놈이 자세한 것에 대해서는 웅얼거리며 대답을 못 하고 그냥 '로켓으로 잡으면 돼! 그러면 한 방이야!' 이 소리만 반복한 것이다.

"그리고 이 총은 트롤 잡으려고 쓰는 게 아닙니다."

"응?"

"여기는 트롤 말고도 위험한 놈들이 수두룩하잖습니까."

무엇보다 그에게 원한을 가진 캘커타 고릴라가 아직 하나 살아 있었다. 캘커타 고릴라의 원한은 무서웠다. 나중에라도 마주친다면 분명히 기억하고 달려들 것이다.

이 총은 바로 그때를 위한 무기였다.

"얼마죠?"

"700."

"에이. 너무 비싼데. 이거 솔직히 저 말고 가져갈 사람도 없을 텐데 좀 깎아주시죠?"

"뭐? 이걸 어떻게 깎아! 거의 원가 그대로 파는 거야!"

"원가 그대로 판다니. 그게 말이 됩니까? 선배. 어떻게 생각해요?"

"주인장, 그 거짓말은 너무했어."

"으…… 680!"

"600으로 합시다."

"도둑놈이냐?!"

"말씀이 심하시네. 600으로 팔아도 이윤 남는 거 알고 있습니다."

총포상 주인의 어깨가 움찔거렸다.

"670!"

"630."

"650! 더 이상은 못 깎아줘!"

수현은 피식 웃으며 돈을 지불했다. 옆에서 그걸 지켜본 김창식이 혀를 내둘렀다. 밀고 당기며 협상하는 솜씨가 그보다 더 능수능란했다.

"그건 어디서 배운 거냐?"

"타고난 거죠."

총을 샀으니 이제 트롤 사냥을 위한 물건들을 준비해야 했다. 이곳은 말이 총포상이지, 각종 몬스터 사냥을 위한 장비들도 같이 팔고 있었다.

"주인장, 트롤 사냥을 하려고 하는데, 적당한 장비 좀 추천해 주시죠. 트롤 사냥꾼 놈들은 보통 뭐 사갑니까?"

"저기 카탈로그에 트롤 사냥을 위한 패키지도 있으니까 찾아봐."

"오. 그런 것도 있어?"

김창식은 사업가들의 사업 수단에 감탄하며 카탈로그에 손을 뻗었다. 카메론 행성에 일확천금을 노리고 뛰어드는 사람들은 셀 수도 없이 많았다. 사업가들은 그런 이들이 뭘 원하는지 아주 잘 알고 있었다.

"그 패키지 보지 마십쇼."

"어? 왜?"

"그거 별로 도움 안 됩니다. 시원찮은 놈들 묶어서 비싸게 팔려는 속셈이에요."

"무, 무슨 소리를!"

주인이 목청 좋게 외쳤지만 수현에게는 전혀 통하지 않았다.

"뛰어난 트롤 사냥꾼들은 정보 공개 안 하고 자기들만의 비법을 씁니다. 장비도 다 알아서 각자 조합하고요. 저런 식으로 공개되는 패키지라고 해봤자 아주 기초적인 물건인데. 돈 낭비죠."

수현의 말을 다 들은 주인은 놀라서 입을 벌리고 수현을 쳐다보았다. 경험 없는 신입인 줄 알았는데, 이 장사가 어떻게 굴러가는지 다 꿰고 있는 것 아닌가.

그걸 본 김창식이 자랑스러운 목소리로 말했다.

"쟤가 내 후배라고!"

"정말로? 하는 거 보면 반대 같은데……."

"기껏 손님 데리고 와줬더니……. 다른 데 갈까?"

"농담이야. 농담. 보니까 꽤나 카메론 행성에 대해 잘 아는 모양이군. 여기 2세인가?"

총포상 주인은 눈치가 제법 빨랐다. 수현은 의외라는 듯이 그를 쳐다보고서는 고개를 끄덕였다.

"그러면 그렇지. 안 그렇고서야 어떻게 이렇게 잘 알겠어?"

"어렸을 때부터 부모님 따라서 미개척지 안으로 자주 들어가 봤다는데."

"뭐?! 그런 정신 나간 짓을 했단 말이야?!"

'그냥 다른 거짓말을 할 거 그랬나…….'

대충 핑계를 댄 게 그를 귀찮게 하고 있었다. 수현은 뒤에서 그러거나 말거나 무시하고 다른 장비를 찾았다.

"일단 피주머니부터 삽시다. 트롤 사냥에는 수십 가지 방법이 있지만 피주머니 안 쓰는 사냥은 없습니다."

"피주머니?"

"트롤 피 보관하는 장비다."

"자. 이건 선배가 드시죠."

"왜 내가?!"

"그러면 선배가 장비 고르실 겁니까?"

"알겠어. 젠장."

수현이 김창식에게 건넨, 얼핏 보면 가죽 주머니처럼 생긴 물건은 저온형 냉장 보관 장치라는 길고 복잡한 이름이 있었지만 아무도 그렇게 부르지 않았다. 모두들 간단하게 피주머니라고 불렀다.

트롤의 피는 상온에 노출되면 쉽게 변질되고 상했다. 피주머니는 트롤의 피를 뽑아서 가지고 올 때 품질을 유지하기 위해서는 필수적인 장비였다.

"피 편하게 뽑으려면 지지대에, 칼에, 와이어에……."

수현은 집히는 대로 들어서 김창식에게 던졌다. 주는 대로 받고 있던 김창식은 무언가 깨달은 듯이 외쳤다.

"설마 너, 나보고 같이 가자고 한 게 짐꾼 필요해서는 아니지?!"

수현은 아무런 말도 하지 않았다.

"연막탄도 몇 개 봅시다. 트롤 사냥에는 필요 없겠지만 혹시 모르니까……. 퍼서스 사에서 나온 연막탄 있습니까? 3번, 5번으로."

"정말 트롤 사냥 경험이 있나 보군!"

"알면 가격 속이지 말고 주시죠."

"속인 적 없어! 아까 그 카탈로그는 그래도 꽤나 잘 팔리는 패키지였다고."

짐을 들고서 멀뚱히 서 있던 김창식은 심심해서 주변을 둘러보았다. 뭔가 속은 느낌이었지만 수현에게 따질 생각은 들지 않았다.

실력으로 압도한다는 말이 있다. 지금 수현이 바로 그랬다. 수현이 보여주는 카메론 행성에서의 지식과 행동력은 김창식이 자연스럽게 그를 따르도록 만들었다.

거의 부하 취급을 해도 김창식의 안에서는 별다른 불만이 생기지 않게 하는 것이다.

짐꾼 취급이면 어떤가. 전장에서는 그의 목숨을 구해주고, 또 사냥에 성공하면 떼돈을 벌게 해줄 사람인데. 이 정도면 짐꾼이 아니라 노예 취급을 해도 어느 정도 참아줄 수 있었다.

"여기 독도 있는데, 독은 어때? 마비독 같은 거 쓸 만하지 않나?"

주인과 수현이 동시에 김창식을 한심하다는 듯이 쳐다보았다. 그 시선을 느낀 김창식이 움찔했다.

"이번에는 또 왜?"

"독을 발라서 트롤을 잡으면 피 절반은 버려야 하잖습니까."

"아……!"

"잡기야 쉬워지겠지만 팔려고 잡는 사냥꾼들은 거의 독을 안 쓰지."

김창식은 얼굴을 붉히고 고개를 끄덕였다. 대충 필요한 걸 다 찾은 수현은 독의 목록을 훑어보았다.

현명한 트롤 사냥꾼은 트롤을 잡으러 가면서도 다른 몬스터를 상대할 준비를 게을리하지 않았다. 언제 어디서 다른 몬스터가 튀어나올지 모르는 게 바로 카메론 행성이었다.

'쓸 만한 게 없는데…….'

"혹시 타이요 사에서 나온 독은 없습니까?"

"뭐라고?! 자네 미쳤나? 누구를 잡으려고 그래?"

"없으면 말고요."

주인은 수현의 질문에 펄쩍 뛰었다. 그걸 본 김창식이 낯은 목소리로 물었다.

"그게 뭔데?"

"성능 좋은 독이긴 한데, 워낙 위험해서 판매 금지됐어요. 타이요 사에서 나온 리스트는 거의 다 금지된 걸로 아는데. 역시……."

험한 곳이다 보니 이런 것에 대한 규제는 의외로 엄격했다. 잘못 팔다가 걸리면 바로 가게 문을 닫을 수도 있는 것이다.

'독도 하나 정도는 갖고 싶었는데. 나중에 암시장을 찾아가서 구해야겠군.'

무기는 많을수록 좋다는 게 수현의 지론이었다. 지금은 트롤 사냥이 급하니 암시장까지 찾아가지는 않겠지만, 나중에 기회가 된다면 구할 생각이었다.

"없으면 됐습니다. 대충 끝났으니 이동하죠."

둘은 준비를 마치고 다시 캘커타 정글 지대로 들어와 있었다. 팀이 아닌, 단둘이서 이동하는 것 때문인지 김창식의 얼굴에는 긴장이 감돌고 있었다.

"트롤 사냥에는 아마 수십 가지 방법이 있을 겁니다. 저도

다는 모르고, 거기에 알 필요도 없습니다. 어떤 방법이든 잡으면 되니까요."

"그래서? 우리는 어떤 방법을 쓸 거야?"

"클래식하고 고전적인 방법으로 가야죠."

"……?"

수현은 짐에서 삽을 꺼내 김창식에게 던졌다.

"땅 파세요."

"……"

몇 분이 지나자, 김창식은 땅을 파고 있었다. 수현이 아니었다면 이런 짓은 하지 않았을 것이다. 수현의 말에는 묘한 설득력이 있었다. 쉽게 거절하거나 화를 내기 힘든 묘한 설득력이.

"아무리 그래도 내가 고참, 아니, 선배인데……."

"저도 놀고 있는 거 아니거든요? 다른 곳에도 함정 팔 겁니다. 그리고 선배. 원래 사냥 같은 건 같이하면 각자 일 지분 따져서 칼같이 나누는데, 우리도 50 : 50 하지 말고 한 번 따져볼까요?"

"아니야. 그냥 땅 팔게."

김창식은 순한 양이 되었다. 장비를 고른 것도 수현이었고, 트롤 사냥에 대해 자세히 아는 것도 수현이었다. 자세하게 따지고 들어가면 그는 짐 들고 움직인 것 말고는 주장할 게 없었다.

"이 정도면 됐어?"

"잘 파셨습니다. 아까 길목이 있던데, 거기도 파주시죠."

"아오, 내가 아무리 삽질을 잘한다지만 이건 너무 많이 파는 거 아니야?! 함정이 이렇게 많이 필요해?"

"한 번 잡고 끝낼 생각이 아니니까요. 하나 잡을 거면 하나 파도 되지만 일단 되는 대로 잡을 생각입니다."

'이 자식, 얼굴은 안 그렇게 보이는데, 엄청 욕심 많잖아?'

트롤을 얼마나 잡으려고 저런 말을 하는 건지. 김창식은 투덜거리며 다시 삽을 잡았다.

"다 팠다! 너는 얼마나 팠어?"

"저도 두 개째 파는 중입니다."

"……?!"

김창식은 믿을 수 없다는 듯이 고개를 들어서 쳐다보았다. 정말로 수현이 판 구덩이가 만들어져 있었다.

'아니, 내가 쟤보다 느리다고?'

사람은 쓸데없는 것에 집착하는 경우가 있었다. 군인으로서 경험이 수현보다 많은 김창식의 경우에는 바로 땅을 파는 능력이었다.

이 카메론 행성에 대해서는 수현이 그보다 훨씬 해박할지 몰라도, 땅을 파는 것만 따진다면 그가 더 빨라야 했다.

"말도 안 돼. 너 다른 장비 있냐? 나랑 다른 삽 쓰냐?"

"지금 제가 들고 있는 삽 안 보이십니까?"

김창식은 믿을 수 없다는 듯이 수현을 훑어보았다. 수현은 한심하다는 표정으로 그를 쳐다보았다.

"그냥 파시면 되지, 뭘 속도를 따져요?"

"이건 자존심 문제야! 다른 건 몰라도 내가 너보다 땅을 늦게 파다니."

"그러면 시합이라도 할까요?"

김창식의 눈에 불꽃이 튀었다. 이런 것에 물러설 그가 아니었다.

"좋아! 내가 이기면 돌아갈 때 저 짐 네가 드는 거다."

"제가 이기면요?"

"어? 네가 이기면?"

수현이 이길 거라고는 생각을 못했기에 김창식은 잠깐 멈췄다.

"뭐 원하는 거 있냐?"

"딱히 없고, 그냥 하라는 대로 말이나 잘 들어주시죠."

"……알겠어."

어쩐지 굴욕적이었다. 김창식은 고개를 끄덕였다.

"그러면 시작!"

"말도 안 돼……."

"거기 위장 좀 제대로 하시죠. 트롤이 멍청하다는 인식이 있는데, 얘들이 의외로 교활합니다."

혼이 빠져나간 얼굴로, 김창식은 함정을 다듬고 있었다. 압도적인 차이로 수현의 승리였다. 김창식은 그렇게 땅을 잘 파는 사람을 본 적이 없었다. 저건 인간 굴삭기였다.

"그러게 왜 쓸데없이 시합을 하자고 하셔서……."

공평하게 상대해 주기 위해, 수현은 염동력도 봉인하고서 땅을 팠다. 그럼에도 불구하고 김창식과 압도적인 차이가 났다.

단순한 경험 차이였다. 지구에서 비교적 평온한 군 생활을 한 김창식과 카메론 행성에서 지독하게 구른 수현은 그 경험의 질에서 차이가 났다.

"이 정도면 됐어?"

"잘하셨습니다. 이제 올라가죠."

둘은 짐을 숨기고 나무 위로 올라갔다. 적당히 위장을 마치고 나자 김창식이 물었다.

"그런데 이런 함정이 정말 쓸모가 있는 거야? 이렇게 사냥한다는 방식은 들어본 적도 없는데."

"그야 이런 함정은 트롤에 대해 완전히 꿰고 있지 않으면 쓰기 힘들거든요. 파봤자 다른 몬스터가 걸리거나, 트롤이 없으면 말짱 헛거니까 말입니다."

"너는 다르고?"

"당연히 다르죠. 아까 확인했습니다. 여긴 트롤 서식지에요."

"어떻게? 뭘로 확인한 건데?"

"놈의 똥을 봤죠."

"……."

자기는 그냥 걸어온 기억밖에 없는데, 언제 그 사이에 그런 걸 확인 끝냈단 말인가. 김창식은 다시 한번 수현의 능력에 경악했다.

"놈은 돌아다니면서 사냥을 한 후, 돌아와서 사냥감을 먹습니다. 사냥을 하는 곳과 서식지가 다르죠. 풋내기들은 트롤 흔적 찾아다니면서 트롤을 쫓지만, 노련한 사냥꾼들은 트롤 서식지에 먼저 와서 기다립니다."

"그러면 여기 주변으로 트롤이 온다는 거야?"

"그렇죠."

김창식은 무의식적으로 침을 삼켰다.

"우리 무장 너무 빈약한 거 아니냐? 너 그 저격총 조립도 안 했잖아."

"이건 트롤 상대하려고 산 게 아니거든요. 그리고 무장은 괜찮아요. 함정에만 걸리면 숨통 끊는 건 쉬우니까."

"어떻게? 트롤이 지옥악어보다는 더 튼튼하지 않냐? 소총
탄은 제대로 먹히지도 않을 텐데……."

"어떻게 하는지는 보시면 압니다."

다른 사람이 말했다면 불안했겠지만, 수현이 저렇게 말하
자 왠지 모르게 신뢰가 갔다. 김창식은 초조한 표정으로 고
개를 끄덕였다.

쿵!

"하나 걸렸군. 갑시다."

수현은 가볍게 뛰어내린 다음 소리가 난 곳으로 달려갔
다. 갑자기 함정에 빠진 트롤의 고함이 위치를 찾기 쉽게 만
들었다.

구덩이 함정 안에는 별다른 장치를 하지 않았다. 어지간한
거로는 트롤에게 상처를 입히기 힘들었기 때문이었다.

어차피 수현은 트롤을 바로 죽일 자신이 있었다. 초능력이
지금처럼 강하지 않았을 때에도 트롤을 혼자 사냥하고 다녔
는데, 강해진 지금에는 더 말할 필요가 없었다.

─크아아아앙!

구덩이 안에 빠진 트롤은 분노의 고함을 지르며 빠져나가
려고 애쓰고 있었다. 워낙 딱 알맞게 함정을 파놓은 바람에
놈은 바로 빠져나오지 못하고 버둥거릴 뿐이었다.

6장
트롤 사냥꾼(2)

"어떻게 하면 되냐?!"

"그냥 가만히 있으시면 됩니다."

예전에 포병을 현대전의 신이라고 말한 사람이 있었다. 그것과 비슷한 뜻으로 카메론 행성에서 쓰이는 말이 있었다.

화력이 모든 문제의 답이다.

물론 실제로는 여러 현실적인 상황 때문에 화력이 모든 문제의 답이 되지는 않지만, 지구의 동물들과는 차원이 다른 방어력을 가진 몬스터들을 상대해야 하는 인류의 입장에서는 화력이 가장 중요한 요소 중 하나일 수밖에 없었다.

트롤 사냥도 마찬가지였다. 기본적으로 트롤의 방어력과 재생력을 뚫고 데미지를 입힐 화력이 필요했다.

수현이 트롤을 잡는 데 로켓을 쓰겠다고 한 김창식을 구박하기는 했지만 로켓도 그렇게 쓰지 못할 정도는 아니었다.

괜히 트롤 잡는 데 로켓을 쓰라는 소문이 돌겠는가. 아무도 하지 않는다면 소문도 퍼지지 않았다.

매번 새로 시작하는 트롤 사냥꾼들이 트롤의 습성을 제대로 파악하지 못하고 화력을 위해 로켓 같은 무기를 챙기고, 그중에서 몇몇이 정말 재수 좋게 성공하면 헛소문이 퍼지는 것이다.

물론 트롤에 대해 잘 아는 사냥꾼들은 그걸 지적하지 않았다. 속으로 비웃을 뿐.

김창식이 그들의 화력에 대해 불안해하는 것도 이해가 갔다. 그들은 딱히 트롤 전용으로 무기를 준비해오지 않았던 것이다. 게다가 바로 불을 붙일 무기도 없었다.

근접해서 갈겨대면 어떻게든 데미지는 먹힐 수 있었지만 트롤의 재생력은 무시무시했다. 재생을 막을 산이나 화염이 필요했다.

'무슨 생각을 하고 있는 거야?'

김창식은 불안했지만 이미 수현을 따르기로 약속한 뒤였다. 그는 긴장을 속으로 감추고 수현의 뒤를 바짝 따랐다.

"……!"

구덩이 안에서 기어 나오려는 트롤과 눈이 마주친 김창식은 움찔했다. 지옥악어도 보통 흉악한 놈이 아니었는데, 트롤의 눈빛은 그보다 더 무시무시했다. 단단히 화가 나서 보이는 놈을 찢어버리겠다고 말하는 눈빛이었다.

트롤의 눈동자가 붉게 물들었다. 사냥감인 인간을 발견했다는 뜻이었다.

"쏴?!"

"가만히 있으라는 말 못 들었습니까?"

수현의 목소리는 얼음장처럼 냉정했다. 그 목소리에 김창식은 바로 정신이 들었다.

평소에는 나름 살갑게 그를 대해주던 수현이었지만, 가끔 이렇게 김창식도 주눅이 들 정도로 냉정해 보일 때가 있었다.

'그래. 지옥악어나 캘커타 고릴라를 상대할 때도 이랬어!'

소름이 돋았지만 이럴 때는 차라리 다행이었다. 몬스터가 눈앞에 있는 상황에서 수현처럼 냉정한 동료는 든든한 방패나 다름없었다.

'어떻게 할 거지?! 이러다가 놈이 기어 나올 텐데!'

속으로 생각하며 김창식은 수현을 쳐다보았다. 수현은 무섭지도 않은지 구덩이 가까이 성큼성큼 발걸음을 내디디고 있었다.

"야?!"

지금 트롤이 구덩이 안에서 기어 나오려고 팔을 밖으로 휘

젓고 있었다. 재수 없으면 그대로 잡혀서 트롤에게 물어뜯길
수도 있는 것이다.

"미쳤⋯⋯!"

그 순간, 김창식은 믿을 수 없는 걸 보았다. 수현의 동작
이 갑자기 빨라진 것이다. 수현은 신속하게 달려들어서 구
덩이에서 반쯤 기어 나온 트롤의 목을 군용 대검으로 그어
버렸다.

좌악!

총탄도 막아내는 두꺼운 목이 아무런 장치도 되어 있지 않
은 군용 대검에 절반쯤 잘려 나갔다.

피가 솟구치고 트롤의 붉은 눈동자에 고통과 분노, 그리고
공포가 서렸다.

처음 공격에 목을 당한 트롤은 제대로 비명도 지르지 못했
다. 트롤은 재생력을 믿고 손을 휘둘러 이 건방진 인간을 후
려치려 했다. 일단 이 치명상을 회복하려면 거리를 벌려야
했다.

그러나 몸은 움직이지 않았다.

수현은 마치 기술자가 도살장의 고기를 도려내는 것처럼,
남은 절반의 목덜미도 마저 대검으로 대번에 잘라 버렸다.
트롤이 구덩이에서 나오기를 기다린 건 이유가 있었다. 막
고개만 내민 이 자세가 가장 목을 따기 쉬운 것이다.

사냥꾼들은 매번 사냥마다 목숨을 걸고 덤벼야 잡을 수 있는 트롤이 도살되는 가축처럼 느껴졌다. 김창식은 입을 벌리고 수현의 사냥 장면을 쳐다보았다.

"피주머니 갖고 오세요."

"……!"

완전히 압도되었다. 아무 말도 할 수 없었다. 김창식은 그저 고개를 끄덕이고서 장비를 가지러 후다닥 달리기 시작했다.

'제법 괜찮군. 안 녹슬었어.'

수현은 흡족한 표정으로 고개를 끄덕였다. 예전에는 약한 초능력과 강한 장비가 있었다.

그 시절에는 구덩이에 빠진 트롤 위에 뛰어들면서 목을 집중적으로 노렸었다. 그때는 수현도 긴장할 수밖에 없었다. 급소를 당한 트롤은 오히려 더 위험했다. 미친놈처럼 날뛰어 댔으니까.

그러나 이번 사냥은 그가 생각해도 지나칠 정도로 쉬웠다. 처음에는 염동력을 실은 나이프를 트롤의 목에 휘둘렀다. 질긴 트롤의 목이었지만 초능력이 결합된 공격은 막아낼 수 없었다.

목이 절반쯤 잘려 나가자 트롤은 기습을 당한 걸 깨닫고 발악하려 했다. 수현은 그런 트롤을 염동력으로 속박했다.

그러고 나니 싱거울 정도로 쉬워졌다. 정말로 매달린 고기를 자르는 수준의 일이 되어버린 것이다.

목을 긋고, 움직임을 묶은 후, 마저 목을 딴다. 수현은 대검을 한 바퀴 돌려서 피를 털어내고는 다시 발목에 있는 칼집에 넣어놓았다.

초능력이 강해졌다고 해서 전투 기술이 녹슨다면 수현은 스스로를 용서하지 못할 것이다. 무기는 많을수록 좋았다.

"갖고 왔어!"

"그렇게 급하게 안 뛰어도 됩니다. 세워놔서 피가 그렇게 빠지지는 않을 테니까요."

수현은 김창식이 새어 나오는 피가 아까워서 그렇게 빨리 움직인 것이라고 생각했지만, 아니었다. 김창식은 수현의 모습에 압도되어서 빠르게 움직인 것뿐이었다.

"지지대 세우고, 네. 거기에 두세요. 피 뽑으려면 거꾸로 매다는 게 편할 테니 관 연결하시고……."

"어떻게 거꾸로 매달게?"

수현이 하라는 대로 순순하게 따르던 김창식은 수현의 말을 듣고 의아하다는 목소리로 물었다. 트롤은 그 덩치만큼이나 무게도 어마어마했다. 킬로그램이 아니라 톤 단위로 나가는 놈을 장비도 없이 뒤집을 수는 없었다.

"이렇게요."

"……?!"

수현은 트롤의 어깨를 잡고 구덩이에서 질질 끌고 나왔다. 목 부분에 연결된 관은 피주머니와 연결되어 있었다. 피주머니가 전부 차면 쉽게 갈아 끼울 수 있도록 만들어진 것이다.

그런 후 수현은 트롤을 돌린 다음 다시 구덩이에 집어넣었다. 이번에는 거꾸로. 지지대에 걸린 트롤은 구덩이에 대롱대롱 매달려 피를 토해내기 시작했다.

"어……."

"고생했습니다. 잠시 쉽시다. 보통 트롤은 서식지 하나에 한 마리가 사는 경우가 많지만 가족 단위로 노는 놈도 있으니 긴장 풀지 마시고요."

"어떻게 한 거냐?"

"뭐가요?"

"처음부터 끝까지. 전부! 내가 트롤 사냥에 대해서는 하나도 모르는 놈이지만, 트롤 사냥을 이렇게 하는 사람은 들어본 적도 없다! 아니, 트롤 목을 딴 것도 그렇고, 트롤의 시체는 대체 어떻게 들어 올린 건데? 너 혹시 육체 강화 수술도 받았냐?!"

김창식은 폭포수처럼 질문을 쏟아내었다. 방금 본 것 때문에 충격에서 제대로 회복되지 못한 것이다. 그 정도로 수현이 트롤을 사냥한 방법은 충격적이었다.

육체 강화 수술. 유전자 공학의 발달으로 인해 인류의 기본적인 신체 기능도 상당히 많이 좋아진 편이었다.

　육체 강화 수술은 그 정점에 달한 수술이었다. 인류의 육체 기능을 몇 배로 향상시키는 것이다. 가격이 어마어마하게 비쌌지만 한 번 전신 대상으로 받고 나면 그 효용성은 비교할 수 없을 정도로 뛰어났다.

　수현도 저번 생에서는 각종 공로를 세우고 그 수술을 받았다. 물론 지금은 아니었지만.

　'흠. 어떻게 설명을 해줘야 하나.'

　능력을 완전히 숨길 생각은 없었다. 같이 일한다는 건 그런 것이었다. 적당한 능력은 보여주고서, 적합한 설명을 해줘야 했다. 아무런 설명도 하지 않으면 오해하는 것이 사람이었다.

　초능력은 일단 말할 생각이 없었다. 지금 수현이 가장 중점을 두고 있는 것이 치유 마법이었는데, 그 마법은 배우고 나면 타인에게 쓸 일이 더 많을 것이다. 수현보다는 다른 사람들이 다칠 가능성이 컸으니까.

　만약 염동력을 미리 썼을 경우, 수현이 치유 능력까지 보여준다면 수현은 빼도 박지 못하고 이중능력자가 됐다. 인류 최초 이중능력자.

　'밤에 복면 쓴 아저씨들이 매일 방문하겠군.'

그럴 상황을 대비해서라도 초능력은 최대한 숨겨두고 싶었다. 치유 마법을 쓰게 되면 치유능력자라고 말할 생각이었다.

김창식은 괜찮은 사람 같았지만 수현은 그의 입까지 신뢰하지는 않았다. 언제나 최악의 상황은 간단한 실수로부터 시작하는 법이니까.

다른 건 몰라도 무거운 트롤을 그 혼자서 들어 올린 건 다른 방법으로 변명하기 힘들 것 같았다. 역시 편한 변명은 가족이었다. 카메론 행성의 군인이 가족이라면 많은 것에 대한 변명이 가능했다.

"어디 가서 말하지 마십쇼."

"정, 정말? 어떻게 받았어?"

"어렸을 때 아버지께서 아는 사람한테 부탁해 몰래 받았습니다. 알려지면 곤란하니 비밀 지키셔야 합니다."

"비밀이야 당연히 지키지! 그보다 군인이라고 들었는데, 대단한 사람이었나 보군……. 군 병원 측은 민간 병원보다 가격이 낮긴 하겠지만 그래도 만만치 않을 텐데."

김창식도 군인이었기에 이해가 빨랐다. 그는 수현이 말한 걸 듣고 멋대로 납득하기 시작했다. 연줄이 있다면 군 의사와 내부 장비를 이용해서 몰래 수술이 가능했다.

'미개척지에 데리고 다니는 것도 그렇고, 몰래 강화 수술

을 받게 하는 것도 그렇고……. 괴짜 중의 괴짜군. 설마 특수부대 쪽인가?'

카메론 행성의 특수부대원들은 괴팍한 걸로 이름이 높았다. 저런 식의 막 나가는 행동은 일반 사병이 할 수 있는 짓이 아니었기에 김창식은 그렇게 생각했다.

"피 다 뽑혔습니다. 치우죠."

"시체는?"

"들고 가는 건 무립니다. 가죽이나 살코기도 팔리긴 팔리는데 옮기는 게 무리죠. 피가 가장 비싸니 나머지는 버립시다."

"으. 아깝다."

"아까워하지 마세요. 몇 마리를 더 잡을지도 모르는데."

수현의 말에 김창식은 질린 표정으로 그를 쳐다보았다. 그는 트롤 하나 상대하면서 제대로 싸우지도 않았지만 벌써 살짝 기운이 빠진 느낌이었는데, 이놈은 벌써부터 다음 사냥을 하려고 하고 있었다.

"뭐 하나? 가죽이나 살은 필요 없다며."

"심장은 개인적으로 쓸 곳이 있어서요."

"어?! 심장도 비싸게 팔리냐?"

"아뇨. 아는 사람한테 부탁받아서 가져가는 겁니다. 돈은 못 받아요. 궁금하면 다음 트롤 심장은 선배 드릴 테니 가져가서 팔아보시겠습니까?"

"됐다. 피로 만족할래."

김창식은 입맛을 다시며 수현이 능숙하게 트롤을 절개하는 것을 쳐다보았다.

"어?"

"……?"

"너 그 칼……. 그냥 거기서 산 칼이잖아."

"그렇죠."

"그런데 어떻게 트롤 목을 그렇게 딴 거냐?"

"선배, 보통 새로 시작하는 사냥꾼들은 혼자 다니면 죽는 경우가 많으니까, 경험 많은 사냥꾼들 밑에 들어가는 경우도 종종 있거든요?"

카메론 행성의 정보는 그 자체로 가치가 무궁무진했다. 새로 시작하는 사람들은 정보를 얻는 것도 쉽지가 않았다.

괜히 목숨을 걸고 도전하는 것보다 처음에는 밑에서 배우는 것도 나쁜 선택은 아니었다.

"보통 그렇게 도제로 들어가게 되면 월급은 거의 못 받고 제대로 부려 먹힙니다. 그런데도 하겠다는 사람들은 쌔고 쌨죠. 왜겠습니까?"

"기술 배우려고……?"

"바로 그겁니다."

"근데 그건 왜?"

"그걸 아는 사람이 왜 자꾸 물어봅니까? 이거 다 제 노하우인데."

"그, 그렇군."

김창식은 얼굴을 붉혔다. 생각해 보니 그가 지나치게 염치없는 짓을 한 것이다. 지금 사냥도 거의 전적으로 수현이 한 것이나 다름없는데, 후배라고 생각해서 편하게 묻다 보니 무례한 짓을 하게 되었다.

"미안하게 됐어. 워낙 신기해서 그런지 그냥 질문이 튀어나오네."

"사과는 됐습니다. 사실 이건 숨길 것도 아니니까요."

"······?"

"말해 봤자 다른 사람들은 어차피 못 써먹거든요. 트롤 목에는 약한 부분이 있는데, 그 부분을 칼로 노리는 겁니다. 한 번 떨어져 나가면 가죽 안쪽은 비교적 약하니 절개하기 쉽죠."

"그런 게 있어?"

"초보자들은 찾기 힘들어요. 괜히 미친 짓 하지 마시고 그냥 기본적인 방법으로 싸우세요."

새빨간 거짓말이었지만 김창식은 믿을 수밖에 없었다. 그는 한층 더 수현을 존경스러운 눈길로 쳐다보았다. 수현은 마치 평생을 카메론 행성에서 보낸 사냥꾼 같았다.

"됐습니다. 이동하죠."

"좋아!"

피주머니를 들고, 김창식은 기운 좋게 외쳤다. 그가 지금 도움이 안 되고 있는 건 사실이었지만 그렇다고 주눅 들 생각은 없었다. 짐꾼이든 뭐든 그를 데리고 온 것은 수현이었으니까.

그는 그가 할 수 있는 것에서 최선을 다하면 되는 것이다. 군인으로 일한 경험은 헛된 경험이 아니었다. 김창식은 어떤 상황에서든지 유연하게 적응할 수 있었다.

'짐꾼이면 어떠냐. 잘하면 그만이지!'

그렇게 생각하며 김창식은 재빨리 발을 놀렸다.

그들은 사냥을 위해서 곳곳에 함정을 파놓은 상태였다. 비교적 거리를 두고서, 크게 보면 원형을 이루게 배치를 한 것이다. 서식지로 돌아온 트롤들을 노린 함정이었다.

"이걸로 셋. 보아하니 이 주변 트롤들은 이게 끝인 것 같습니다. 이동하죠."

평온한 얼굴로 트롤을 거꾸로 매달며 말하는 수현의 모습은 아무리 봐도 적응이 되지 않았다. 김창식은 피주머니를 연결시키고서 물었다.

"이제 이 주변은 끝난 건가?"

"트롤은 바보가 아닙니다. 한 번 트롤이 빠진 함정은 다른 트롤들이 잘 안 빠지죠. 안에 뿌려진 트롤 피 냄새를 기가 막히게 맡거든요. 여러모로 눈치도 빠르고……. 게다가 세 마리면 한 곳에 많이 있는 편입니다. 그보다 더 많이 있을 경우는 드무니까 이동해도 됩니다."

"좋았어!"

등이 묵직했지만 지치지는 않았다. 김창식은 지금 꿈에 부풀어 있었다. 등에 지고 있는 건 금이나 다름없었다. 세 마리를 사냥했고, 그 피를 전부 뽑아냈으니 아무리 못해도 지금 그들의 수입은 억대를 넘어가고 있었다. 물론 수현과 나누어야 했지만 절반이 어딘가!

"이거 사냥꾼이 용병들보다 훨씬 수입 짭짤한 거 아니야?"

"트롤 같은 경우는 유난히 비싼 편이긴 하죠. 피가 워낙 수요가 많으니까……. 전문적으로 사냥꾼 생길 정도의 몬스터가 많지는 않습니다."

"차라리 용병 말고 사냥꾼을 할 거 그랬나."

"그다지 추천하지는 않아요."

"왜?"

"사냥꾼 사망률이 용병보다 훨씬 높거든요."

"……."

단체로 움직이고, 위험한 일은 먼저 피하는 경우가 많은 용병과는 달리 사냥꾼들은 사냥감을 잡기 위해 소수로 조용히 움직이는 경우가 대부분이었다.

그리고 카메론 행성에는 트롤만 있는 게 아니었다. 온갖 위험한 몬스터들이 우글거렸다. 노련한 트롤 사냥꾼이라도 예상하지 못한 상황과 부딪히면 그대로 죽는 것이다. 그것이 이 행성이었다.

"나름 깔끔하게 처리하고 덮기는 했지만 몬스터 후각은 무시할 수 없습니다. 이 주변에도 계속 있으면 다른 몬스터가 올지도 몰라요."

"……빨리 이동하자!"

슬슬 해가 지고 있었다. 수현은 이 주변에서 최대한 멀어진 후 야영을 할 생각이었다. 그야 지치지 않았지만 김창식은 계속해서 짐을 지고 돌아다녔으니 지칠 수밖에 없었다.

'게다가 확인할 것도 있으니.'

마법.

마도서를 열어봐야 했다. 사실 지금이라도 당장 열어보고 싶었지만 일단 야영지는 확보해야 했다.

"여기서 야영합시다. 감지기를 주변에 설치할 테니, 먼저 자시죠."

"이 주변은 탁 트였잖아? 이래도 괜찮은 건가?"

"당연히 안 괜찮죠."

수현은 삽을 들었다.

"땅 팝시다."

"······."

숙련된 사람과, 그보다 더 숙련된 사람이 힘을 합치자 순식간에 임시 휴식처가 만들어졌다. 수현은 위를 덮어서 위장한 후 안으로 들어갔다.

"약간 좁은 감이 있지만 괜찮겠죠?"

"물론이지. 내가 귀하게 큰 도련님인 줄 알아?"

"저는 밖에 있겠습니다. 때가 되면 부를 테니 먼저 자시죠."

"내가 설까? 너 오늘 일 많이 했잖아."

"선배도 그거 들고 다니느라 고생 많이 하셨습니다. 괜한 생각 하지 말고 잠이나 주무세요."

수현의 말에 김창식은 순간 가슴이 뭉클했다. 가끔 무서울 때가 있긴 하지만 이런 걸 보면 수현은 확실히 그릇이 큰 사람이었다.

"고맙다."

"예. 예."

'빨리 좀 자라.'

김창식이 잠들었다는 확신이 들자, 수현은 눈을 감고 마도서를 활성화했다. 수많은 마법의 주문 중에서 치유를 찾아내자 리스트가 나타났다.

　[치유]

　트롤의 피 : 0/10

　트롤의 심장 : 0/1

　백하초 : 0/1

　'어?'

　분명히 피주머니와, 트롤의 심장을 들고 있었다. 그런데도 수치는 전혀 달라지지 않았다. 수현은 그가 잘못 본 건가 싶어서 다시 확인했다.

　'전부 모아야 하는 건가? 아니, 그래도 숫자가 전혀 변하지 않을 리는 없는데?'

　재료를 모으면 그에 맞게 마도서가 반응을 일으켜서 흡수할 줄 알았다. 그러나 마도서는 잠잠했다.

　'설마…….'

　수현은 섬뜩한 생각이 들었지만, 고개를 저었다. 아니다. 그건 아닐 것이다.

　'먹어야……. 하는 건가? 아니, 그건 아니지. 정말로 아니지!'

저번 생에서 먹을 게 없으면 몬스터 고기도 억지로 먹은 수현이었지만 기분 좋은 경험은 아니었다. 물론 몇몇 몬스터는 미식가들이 탐낼 정도로 훌륭한 맛을 가지고 있긴 하지만 수현이 만나는 놈들은 대부분 그런 놈들이 아니었던 것이다.

'씨발······.'

트롤의 피까지는 그렇다 쳐도 트롤의 심장까지 먹어야 했다. 트롤 고기가 맛있다는 소리는 들어본 적도 없었다. 트롤 고기가 맛있다면 트롤 사냥꾼들이 애초에 식량을 가지고 다닐 이유도 없었을 테니······.

수현은 타협을 했다.

일단 트롤의 피를 마셔보기로. 트롤 피는 그 자체만으로도 충분한 강장제였다. 심장을 먹기 전에 마셔본 후 마도서의 반응을 볼 생각이었다.

꿀꺽, 꿀꺽-

피주머니의 마개를 열고, 수현은 트롤의 피를 마시기 시작했다. 진한 주스 같은 식감이 그의 목구멍에서 느껴졌다. 분명 맛있지는 않았지만 그렇다고 토할 정도는 아니었다.

'향신료라도 갖고 올걸!'

이번 사냥에서 몬스터 고기를 먹게 될 일이 있을 거라고는 생각도 하지 않았기에 그런 건 챙기지도 않았다. 한 잔 거하게 들이마신 후, 수현은 입가를 닦고 마도서를 확인했다.

[치유]

트롤의 피 : 2/10

트롤의 심장 : 0/1

백하초 : 0/1

'씨발!'

이제 부정하고 싶어도 부정할 수가 없었다. 마법을 배우려면 모으는 게 아니라 먹어야 했다.

'러벤펠트 이 개새…… 대마도사란 놈이 방식을 뭐 이렇게 개떡같이 만들어놨어?!'

감사하는 마음이 눈 녹듯이 사라졌다. 모으면 알아서 마도서가 해결해 주는 방식이라고 생각했었던 것이다. 그러나 역시 세상은 만만하지 않았다.

욕설을 몇 번이나 반복하며, 수현은 피를 마셨다. 삼십 분이 지나고 나서야 수현은 피를 전부 마실 수 있었다.

"꺽. 젠장. 덕분에 배는 더럽게 부르군."

[치유]

트롤의 피 : 10/10

트롤의 심장 : 0/1

백하초 : 0/1

필요한 수치를 채울 정도로 다 마시고 나니 양이 꽤 되었다. 덕분에 몸이 뜨거울 정도였다.

'아주 몸보신을 제대로 했군.'

이제 하나가 남았다.

트롤의 심장.

트롤의 피야 워낙 확실하게 증명된 강장제니 사냥꾼들 중에서도 마시는 사람들이 종종 있지만, 심장을 먹었다는 사람은 들어본 적도 없었다.

'믿는다. 최지은.'

전생에 그가 트롤을 잡아서 가지고 갔을 때, 그걸 분석해 준 사람은 트롤의 신체에 따로 독이 있다고는 하지 않았다. 물론 심장을 먹어도 된다고 하지도 않았지만.

염동력으로 심장을 잘게 찢고, 가지고 있는 휴대기기의 열로 바싹 익힌다. 그것만으로 준비가 끝났다. 수현은 깊은 한숨을 쉬고 트롤 심장 구이를 입에 가져다 댔다.

"……??"

최악의 맛을 각오하고 있었기에, 수현의 놀라움은 더더욱 컸다. 트롤의 심장은 의외로 맛이 괜찮았던 것이다!

기름기 없는 담백한 맛이 났다. 수현은 혼란스러운 얼굴로 심장을 계속 씹었다. 그가 알기로 트롤의 살점은 확실히 맛이 없었다. 그건 그가 직접 들은 사실이었다.

"대장, 트롤 피가 몸에 그렇게 좋다는데 트롤 고기도 좋지 않을까요?"

"멍청아, 그러면 트롤 고기도 비싸게 팔렸겠지. 안 팔리는 건 안 팔리는 이유가 있어."

"아무도 안 먹어봐서 모르는 걸 수도 있잖아요?"

"그러면 먹어보든가. 난 뒷일 책임 안 진다."

"흡!"

"어떠냐?"

"오래된 타이어 같은 맛이네요."

"뱉어. 멍청한 놈."

"심장도 먹어보라고 할 거 그랬나……."

이제는 없는 부하들을 떠올리며, 수현은 심장을 마저 해치웠다. 다시 만난다 해도 그를 알아보지는 못하겠지만, 그들이 일단 살아 있다는 사실만으로 다행이었다. 어디에서 뭘 하든, 죽음보다는 나았다.

[치유]

트롤의 피 : 10/10

트롤의 심장 : 1/1

백하초 : 0/1

'됐군.'

도중에 여러모로 혼란스럽긴 했지만, 일단 트롤에게서 얻을 수 있는 조건은 충족시켰다.

게다가 재료는 모아야 하는 게 아니라 먹어야 한다는 것도 알 수 있었다.

별로 기분 좋은 사실은 아니었지만.

'모든 재료가 트롤 심장처럼 의외의 맛을 가지고 있을 리는 없겠지.'

이제 남은 건 백하초였다. 그렇지만 이건 트롤처럼 쉽게 찾아질 것 같지 않았다. 몬스터와 싸우는 데에는 이골이 났지만 희귀한 약초의 위치에 대해서는 수현도 아는 바가 적었다.

마음 같아서는 한시라도 빨리 마법을 완성시키고 싶었지만, 안 되는 건 어쩔 수 없었다. 수현은 마음을 가라앉혔다.

전생에서 배운 것들은 여전히 유효했다. 지금 당장 어쩔 수 없는 것에 대해서 초조해하는 건 무의미했다.

언젠가 분명히 기회가 올 것이다.

"으아아⋯⋯. 우리 지금 며칠째지?"

"5일째죠."

"첫째 날이 정말 운 좋았던 거였군."

"네. 보통 그렇게 바로 찾는 경우는 드물죠. 트롤도 세 마리면 많은 편이고."

첫 사냥 이후, 그들은 아직도 트롤과 만나지 못하고 있었다. 트롤 사냥이라고 하면 보통 사람들은 트롤과 어떻게 싸워야 할지만 생각했지만, 사실 더 중요한 건 트롤을 찾는 일이었다.

넓고 넓은 캘커타 정글 지대에서 다른 몬스터들을 피해 트롤을 찾는 일은 쉬운 게 아니었다. 수현은 그런 점에서 다른 사냥꾼들과 비교도 안 되는 추적술과 노하우를 갖고 있지만, 그렇다고 해서 없는 트롤을 만들어낼 수는 없었다. 애초에 트롤의 개체 수는 이 정글의 몬스터들 중에서 적은 편에 속했다.

"일주일만 채우고, 더 이상 발견되지 않으면 돌아갑시다."

"어? 진짜?"

"지금 챙긴 것만으로도 충분할 텐데요."

"그렇긴 하지만……. 욕심이 생겨서 말이지."

"욕심부리지 마세요. 욕심부리면 가장 먼저 죽습니다."

"알겠어. 알겠어."

"트롤 사냥꾼들은 보통 트롤을 한 번 사냥하고 나면 바로 돌아갑니다. 우리처럼 한 번에 대박을 만들어 보겠다고 이러는 경우는 드물죠. 어지간히 급하지 않고서는…….”

“그래?”

김창식은 몰랐다는 듯이 의아하다는 목소리로 반문했다. 트롤의 가치 때문에 트롤 사냥꾼들이 황금을 쌓아 올린다고 착각하기 쉬웠지만, 실제로는 달랐다.

트롤은 만나기 힘들었고 그렇다고 오래 돌아다니다 보면 죽을 확률이 높아졌다. 이것도 다 먹고살자고 하는 짓이었다.

그렇기에 노련한 사냥꾼들은 한 번 사냥에 욕심을 부리지 않고 한 마리만 잡으면 돌아가는 경우가 많았다. 그것만 해도 충분한 돈이었다.

“트롤은 원래 숫자가 적습니다. 안 그러면 피가 그렇게 비쌀 이유가 없죠. 게다가 이 주변에서는 요즘 더 드물어진 거 같고.”

“그건 왜 그런 거지?”

“그야 트롤 노리는 사냥꾼들이 수두룩하게 넘쳐나는데 트롤 수는 한정되어 있으니 그렇겠죠. 잡으려면 다른 곳으로 이동해야 할지도 모르겠군요. 조금 더 안으로 들어가거나…….”

“아니야, 지금 잡은 것만으로도 충분할 것 같다!”

김창식은 급히 손사래를 쳤다. 여기서 겪은 경험은 몇 번 정도에 불과했지만, 이미 그는 카메론 행성이 얼마나 위험한 곳인지 확실하게 느끼고 있었다. 여기서 더 깊숙하게 들어갔다가는 정말로 죽어서 나올 수도 있는 것이다.

"우리는 트롤 서식지를 찾는 식으로 사냥하잖아. 다른 사냥꾼들도 이렇게 하나?"

"사람마다 다르겠죠. 직접 쫓아다니는 사람도 있을 것이고…….

"차라리 함정을 파는 게 낫지. 신경 곤두세워가면서 쫓아다니는 건 질색이야. 게다가 그놈의 악어새는 진짜……."

김창식도 이제 캘커타 악어새가 얼마나 짜증 나는 놈들인지 알게 되었다. 허공에서 거슬리는 울음소리만 들리면 그는 신경쇠약이라도 걸린 것처럼 고개를 위로 들었다.

악어새가 도망치면 몬스터들이 몰려온다는 걸 아주 잘 알고 있었기 때문이었다.

"저도 직접 쫓아다니는 건 안 좋아합니다. 변수가 많을뿐더러 운에 맡기는 게 너무 커서요."

트롤의 서식지는 몇 가지 조건이 있었다. 그 조건에 맞는 장소가 보이면 들어가서 트롤의 서식지가 맞는지 확인하는 것이다. 직접 트롤의 흔적을 쫓아다니면서 사냥하는 것보다 훨씬 더 안정적이었다.

"찾았다!!"

"……?!"

수현은 놀라서 김창식을 쳐다보았다. 그는 나무 밑에 쌓인, 더러운 색을 가진 덩어리를 가리키고 있었다.

"이거 트롤 똥 맞지?!"

"아니, 소 뒷걸음질 치다가 뒤 잡는다더니……."

"야."

"농담입니다. 트롤 똥 맞네요. 이 주변에 사는 놈인가 봅니다. 다만 함정 파기는 좀 힘들 것 같습니다."

"어째서?"

"똥이 완전히 굳었잖습니까. 싸고 난 지 한참 된 겁니다. 이 정도면 이제 돌아올 시간이죠. 함정 파다가는 부딪힐 수 있습니다."

"그러면 그냥 피해야 하나?"

아쉬웠지만 김창식은 어쩔 수 없다고 생각했다. 이 행성에서 살아가기 위해 그는 빠르게 적응해가고 있었다. 그런 모습이 마음에 들어서 수현은 웃었다. 이런 상황에서 욕심만 부렸다면 한 소리 나왔을 것이다.

"피할 필요는 없고……. 다른 방식으로 사냥합시다."

"……?"

퍼서스 사의 3번 연막탄은 인간의 체취를 포함한 다양한 냄새를 지워주는 데 탁월한 효과를 보여주었다.

다른 냄새까지 전부 지워버린다는 게 사소한 단점이었지만, 어지간한 몬스터는 그런 세세한 위화감의 이유를 추리해내지 못했다.

그런 식으로 냄새를 지운 후 수현은 나무 위로 올라갔다. 트롤을 상대할 때는 언제나 높은 곳에서 공격하는 게 효과적이었다.

"정말 이것만으로 될까?"

"저번에도 이렇게 잡았잖습니까."

"그때야 함정에 빠진 놈이었잖아."

"기습만 성공하면 그거나 그거나입니다. 보고나 계세요."

수현은 군용 대검을 손에 쥐고서 무표정하게 말했다. 지금 밑의 바닥에는 트롤을 유혹할 수 있을 만한 미끼가 놓여 있었다.

저런 걸 오래 썼다가는 다른 몬스터를 불러일으킬 수도 있었지만, 지금은 트롤이 머지않아 올 시간대였다. 충분히 쓸 만했다.

삼십분쯤 지났을까, 멀리서 쿵쿵대는 소리가 들려왔다. 그 소리에 김창식은 침을 삼켰다.

'온다!'

아무리 수현이 대단하다고 하더라도 정말로 괜찮을까? 상대는 함정에도 빠지지 않은 트롤이었다. 만약의 상황에 처하면 어떻게 해야 할지를 고민하며, 김창식은 굳은 시선으로 아래를 내려다보았다.

-쿵?

트롤은 순간 당황한 모양이었다. 미끼의 냄새를 맡고 찾아왔는데, 주변에 다른 냄새라고는 전혀 느껴지지 않는 것이다. 미끼의 냄새를 제외한다면 이 주변에는 어떤 냄새도 없었다.

인간이라면 함정을 눈치챘겠지만 트롤은 교활하더라도 거기까지 바로 눈치챌 수 없었다.

'그게 바로 트롤의 한계지.'

허공에서 검은 그림자가 떨어졌다.

푹!

-크아아아아아!

트롤의 뒷목이 깊숙하게 베어졌다. 강렬한 통증에 트롤은 뒤로 거대한 손을 뻗었다. 잡히기만 한다면 그대로 찢어버릴 생각이었다.

그러나 이미 수현은 트롤의 앞으로 이동해 있었다. 트롤의 잘려 나간 뒷목은 벌써 재생력이 발동해서 아물려고 하는 게 보였다.

그걸 염동력으로 잡아당겨 상처를 벌린 후, 수현은 깔끔한 동작으로 앞을 그어버렸다.

트롤은 죽는 순간까지도 믿을 수 없다는 눈빛으로 수현을 쳐다보았다. 뒤로 떨어진 트롤의 머리통을 발로 치우고, 쓰러지려는 시체를 힘으로 잡은 채 수현이 입을 열었다.

"피 챙깁시다!"

"……."

수현을 따라다니면 점점 현실 감각이 없어지는 느낌이었다. 김창식은 그렇게 생각하며 주변 나무에 지지대를 박았다. 트롤을 세워두기 위해서였다.

분명 트롤은 수많은 탐험가와 용병, 사냥꾼을 잡아먹은 포악하고 강력한 몬스터였다.

저렇게 칼질 두 방에 목이 날아가는 몬스터가 아니라.

"속도야 좀 느려지겠지만 이번에는 세워서 뽑죠. 양쪽 발목에 박으세요."

"오케이."

이제는 감탄사도 나오지 않았다. 수현이 너무 당연하다는 듯이 처리하자 그런 식으로 호들갑을 떠는 게 죄처럼 느껴지기 시작한 것이다.

"아. 이런 젠장."

"……?"

"악어새입니다."

수현은 바로 김창식의 소총을 뺏어들고 조준 사격했다. 들고 바로 쏘는데도 순식간에 새의 몸통이 박살 나며 깃털이 흩날렸다.

"빌어먹을, 둘이나……. 잡고 오겠습니다!"

"야! 나 여기 혼자 있으라고?!"

"저거 놓치면 저 트롤 시체는 버리고 움직여야 합니다!"

수현은 뒤도 돌아보지 않고 빠르게 이동했다. 김창식은 한숨을 내쉬었다. 일단 트롤이 죽었으니 이 주변에 강력한 몬스터는 없을 가능성이 컸지만, 그래도 혼자 있는 건 썩 좋은 기분이 아니었다.

'선배로서 꼴이 말이 아니군.'

다른 사람이 본다면 수현이 선배라고 생각할 것이다. 김창식은 그렇게 생각하며 의지를 다졌다. 최소한 발목을 잡아서는 안 됐다.

"어?"

부스럭대는 소리에 김창식은 소총을 바로 조준했다. 그러나 나타난 것은 몬스터가 아니었다. 세 명의 사람이었다. 김창식은 그들의 신분을 바로 알 수 있었다. 바로 한 명이 등에 지고 있는 피주머니 때문이었다.

"뭐야?"

"이 자식이 잡았잖아."

"이런……."

세 명은 김창식과, 옆에서 피를 뽑고 있는 트롤의 시체를 보고서 그렇게 말했다. 김창식은 몬스터가 아니라는 것에 일단 안심했지만 그렇다고 해서 경계를 풀지는 않았다.

몬스터는 카메론 행성에서만 위험했지만, 인간은 어느 곳에서든지 위험하다는 걸 김창식은 아주 잘 알고 있었다.

"이봐. 총 내리라고. 우리도 사냥꾼이야."

"미안하지만 의심이 많아서 말이야. 바로 뒤로 돌아가 주지 않겠어?"

"뭐? 이 자식이 건방지게. 어디서 운 좋게 한 마리 잡았나 본데, 우리가 셋인 게 안 보여? 만약 마음만 먹었다면 너 정도는 그대로 죽일 수 있어."

"그러면 너는 일단 무조건 죽여야겠군."

익숙하지 않은 카메론 행성 때문에 수현 앞에서는 호구 같은 모습만 보여줬지만, 김창식은 호구가 아니었다. 훈련받은 군인이었다. 그렇지 않다면 조승현이 그를 데리고 올 리 없었다.

전혀 주눅 들거나 하지 않고 바로 협박으로 맞받아치는 김창식을 보며 사냥꾼들은 입맛을 다셨다. 딱 보니 혓바닥으로 해결할 수 있는 만만한 놈은 아니었다.

"미안하게 됐어. 이 자식이 좀 입이 험해서 그렇지 나쁜 놈은 아니거든. 우리가 그쪽을 공격할 일은 없으니까 안심하라고."

"안심이고 뭐고, 그냥 여기서 꺼져주면 되는 일인데? 뒤로 돌아서 그대로 걸어가."

"그건 힘들겠는데."

김창식의 얼굴이 한층 더 딱딱하게 굳었다.

"왜지?"

"미안하지만 그 트롤은 우리가 쫓던 놈이라고. 우리도 사냥꾼인데 그냥 물러날 수는 없어."

그 말을 한 사냥꾼에게, 다른 둘은 잘했다는 눈빛을 보냈다. 아주 적당한 핑계였다.

"헛소리하지 마. 잡을 때만 해도 이 트롤은 완전히 멀쩡했어. 어디서 흠집도 못 낸 놈들이 억지를 부려?"

"트롤의 재생력은 잘 알고 있을 텐데. 우리도 꽤나 이 자식한테 쏟아부었다고. 만약 여기서 만난 거라면 여기까지 몰고 온 우리 공도 있는 거 아닌가?"

"으음……."

사냥꾼들의 세계가 어떻게 돌아가는지 몰랐기에, 김창식은 살짝 망설였다. 그 틈을 타 다른 사냥꾼이 다시 입을 열었다.

"일단 총 내리고 이야기를 하자고. 다른 동료는 없나? 아무리 트롤 사냥이 적은 인원으로 하는 일이라지만 혼자 하는 놈은 본 적 없는데."

"곧 올 거다."

"우리가 억지를 부리는 거라고 생각하지 않아줬으면 좋겠
군. 우리도 목숨 걸고 하는 일이라고. 무슨 소리인지 알겠지?
너도 트롤 사냥꾼이라면 말이야. 이 일이 얼마나 힘든지……."

사실 이번이 처음이었고, 수현한테 거의 업혀서 온 셈이었
기에 얼마나 힘든지는 잘 몰랐지만 김창식은 전혀 내색하지
않고 무뚝뚝한 표정으로 고개를 끄덕였다. 모습만 본다면 관
록이 넘치는 트롤 사냥꾼이었다.

"그래서 한 번 잡은 트롤을 그냥 넘어갈 수가 없는 거야.
우리 입장도 이해해 달라고. 최소한……."

"뭐 하십니까?"

수풀을 헤치고 나타난 건 수현이었다. 놓친 악어새를 쫓아
정신없이 달려서 해치우고 왔더니 불청객들이 와있는 것을
보고 수현은 어이없다는 표정을 지었다.

"아니, 그게……. 이놈들이 이 트롤에는 자기들 권리도 있
다는 거야."

"??"

"이봐. 다시 말해 보라고."

사냥꾼들은 갑자기 나타난 수현을 유심히 쳐다보았다. 별
거 없어 보이는 놈이었다. 겉모습으로만 본다면, 김창식이

리더고 수현은 그 밑으로 보였다.

"이 녀석이 동료인가?"

"설명이나 하라니까."

"좋아. 다시 설명하지. 우리는 트롤 사냥꾼이다. 몇 주일째 트롤을 쫓다가, 간신히 하나를 찾았는데 놈이 도망을 친거야. 정말 열이 받았지만 끝까지 쫓았지. 그런데 오니까 여기에서 너희들이 피를 뽑고 있었고. 잡은 건 너희지만 우리에게도 권리는 있지 않나?"

말을 하면서 사냥꾼들은 김창식과 수현의 표정을 관찰했다. 김창식의 표정은 변화가 없었다.

'만만찮아 보이는데. 잘못 건드린 건가?'

'겁먹을 필요 없어. 어차피 우리가 숫자도 많아. 저놈들은 저게 전부인 거 같다.'

겉모습으로는 경험 많아 보이는 데다가, 표정의 변화도 없는 김창식은 사냥꾼들에게 압박감을 주었다.

그러나 실제로는 아니었다. 김창식은 이건 수현이 결정할 일이라고 생각하고 있었기에 완전히 머리를 비우고 있었던 것이다.

'까라는 대로 까야지 뭐.'

며칠이나 됐다고 수현의 부하 위치에 완전히 적응한 김창식이었다.

"어떻게 할까?"

"전부 다 달라는 게 아니야. 협상을 하자고. 어느 정도……."

수현은 한숨을 쉬었다. 어쩔 수 없다는 태도로 느껴지는 한숨이었다. 그 모습에 사냥꾼들은 속으로 환호성을 질렀다.

'통했다!'

"안 그래도 덥고 습한데 뭐 이렇게 귀찮은 거로 시간을 끌었습니까? 당연한 걸 가지고."

"어, 그래? 미, 미안."

수현의 말에 김창식은 그가 관습을 몰라서 실수했다고 생각했다.

'사냥꾼들은 이럴 때 공을 나누나 보군. 하긴, 험한 곳에서 몬스터들과 싸우는 사람들이니 그럴 수도…….'

탕!

"……?!"

낮은 총성이 울리기 전까지, 아무도 수현이 권총을 뽑았다는 걸 눈치채지 못했다. 수현은 번개처럼 뽑아 그대로 가장 앞에 있는 사냥꾼의 머리를 갈겨 버렸다.

"뭐……."

두 번째 사냥꾼은 유언을 남기지도 못했다. '뭐'까지 말한 순간 수현의 다음 탄환이 그의 머리를 날려 버린 것이다.

"이 개!"

욕설과 함께 무기를 조준하려던 세 번째 사냥꾼은 몸이 움직이지 않는다는 것을 깨닫고 식겁했다. 입을 열어서 항복이라고 하고 싶었지만 입도 움직이지 않았다.

'????'

수현의 총구가 돌려져서 그를 노리는 것이, 아주 천천히 느껴졌다. 사냥꾼은 지금 그가 죽음 앞에서 환상을 보고 있다는 걸 깨달았다.

퍽!

총탄이 표적에 명중하는 순간 놈을 속박하고 있는 염동력도 풀렸다. 수현은 무표정하게 권총을 홀스터에 집어넣었다. 빠르게 꺼내서 채 1초도 지나지 않았는데 세 방. 그것도 전부 명중. 소름 끼칠 정도의 속사였다.

"뭐, 뭐, 뭐……."

"앞으로 저렇게 개소리하는 놈들 보이면 그냥 쏘세요. 상대하지 말고."

마치 길거리에서 만난 잡상인들을 쫓아버리는 것처럼 말하는 수현이었다.

"쏴도 괜찮은 거냐?!"

"뭡니까. 사람 쏜 적도 없어요?"

"아니, 그 문제가 아니라. 법적으로!"

"난 또 뭐라고……. 보는 사람 없잖습니까. 내버려 두세요. 몬스터가 알아서 먹어 치울 겁니다."

너무 담담한 수현의 태도에 김창식은 순간 그가 호들갑을 떨고 있는 건가 고민했다. 하지만 아무리 고민해도 아니었다. 이건 호들갑을 떨어야 할 문제였다!

"야. 잠깐만. 설명 좀 해줘. 난 지금 뭔 일이 일어난 건지 모르겠거든? 저놈들을 왜 쏜 거냐?"

"……?"

수현은 힐끗 김창식을 쳐다보았다. 그 시선은 마치 '이 아무것도 모르는 사람이 또 귀찮게 하나'라고 말하는 것 같아서 김창식을 부끄럽게 만들었다.

"아니, 내가 모르는 게 많기는 하지만! 왜 쏜 건지 모르겠다고!"

"딱 봐도 다른 놈들 터는 데 맛 들린 놈들이잖습니까."

사냥꾼들이 몬스터만 사냥하는 건 아니었다. 그들 중에서는 다른 사냥꾼들을 사냥하는 데 맛 들린 놈도 있었다.

생각해 보면 당연한 일이었다. 치안이 잡힌 도시는 여기서 한참이나 가야 나오는데, 주변은 완전한 미개척 지대라 어떤 일을 저질러도 잡힐 가능성은 없었다. 게다가 몬스터를 잡는 것보다 인간을 잡는 게 훨씬 쉬운 것이다.

트롤 하나를 잡으려면 죽을 고생을 해야 하지만 트롤 하나를 잡은 인간을 잡으면 그 고생을 하지 않고서도 트롤의 피가 그대로 넘어왔다. 게다가 그 인간이 갖고 있던 장비까지 모두.

"뭐, 물론 장비는 안 챙기는 놈들도 있습니다만."

"그건 왜?"

"그야 장비 같은 건 도시로 돌아가서 걸릴 수도 있으니까요."

"……!"

김창식은 차가운 무언가가 등을 스치고 지나가는 걸 느꼈다. 수현이 늦게 돌아왔다면 그가 당할 수도 있는 상황이었던 것이다.

아니, 그뿐만이 아니었다. 총구만 내렸더라도 바로 그들이 역습할 수도 있었다.

"정상적으로 사냥하는 사냥꾼들은 애초에 저런 식으로 말 자체를 안 겁니다. 괜한 오해를 받을 수도 있으니까요. 여기서 말 잘못 걸면 바로 총알 날아오는 걸 아는데 저런 식으로 말을 거는 놈들은 신입이나 질이 안 좋은 놈들뿐이죠. 딱 보니까 신입은 아니고. 돌아다니다가 선배 보고 잘 걸렸다 싶어서 접근한 걸 겁니다."

"이런 개새끼들……."

그제야 상황을 완전히 파악한 김창식은 버려두고 온 시체의 방향으로 고개를 돌리고서는 욕설을 내뱉었다.

"그러면 사냥하다가 트롤이 도망갔는데 다른 놈들이 잡으면 그냥 물러나야 하나?"

"애초에 그럴 일이 없어요. 트롤은 어지간해서는 도망을 안 칩니다. 도망을 칠 때는 정말 죽기 직전에서나 도망을 치는데, 그 정도 상처를 입었으면 거의 빈사 상태나 다름없죠."

그런 일은 재생력을 발휘하지 못하는 상황이거나, 하도 많이 얻어맞아서 재생력이 다 떨어진 상태에서나 가능한 일이었다.

그렇기에 수현은 그들의 말을 듣자마자 그들이 거짓말을 하고 있다는 걸 바로 눈치챘다. 어떻게든 수작을 부려서 접근한 다음 피를 갈취하려는 놈들이 분명했다.

피를 얻어내면 그걸로 좋고, 얻어내지 못한다면 상황을 봐서 습격한다. 게다가 놈들은 피를 준다고 해서 순순히 물러서는 놈들이 아니었다. 몰래 미행을 한 후 남은 피까지 노리는 게 대부분이었다.

만약 너희 정체를 안다고 경고를 했다면 싸움 없이 피해갈 수도 있었을 것이다. 저런 놈들은 만만한 상대를 노리지 그들의 정체를 완전히 꿰고 있는 사냥꾼들을 노리지는 않았으니까.

그러나 수현은 그러지 않았다.

안 그래도 카메론 행성에서 몬스터와 신경전을 펼쳐야 하는 상황인데, 뒤에 귀찮은 꼬리까지 달고 다닐 생각은 없었으니까.

거기까지 생각이 끝나자 수현은 바로 총을 뽑아서 셋을 쏴 버렸다. 숫자가 많다고 방심하고 있었지만 수현에게 저 정도 해치우는 일은 숨 쉬는 것이나 마찬가지였다.

"만약 이거 알려지면 어떻게 되냐?"

"법적으로 따져도 정당방위인데요. 저희가 놈들을 약탈한 거라면 장비를 챙겼겠죠. 그리고 애초에 미개척 지대에서 한 행동은 법적으로 처벌받는 경우가 드물어요. 증거가 안 남아 서. 저놈들 시체는 하루도 안 가서 사라질 겁니다."

"……."

"이동합시다. 슬슬 시간을 봐서 돌아가야 할지도 모르겠 군요. 트롤은 안 보이고 저런 잡놈들이나 꼬이다니……."

김창식은 속으로 다시 한번 다짐했다. 평상시라면 모를까, 긴급한 상황에서 다시는 수현의 말에 거역하지 않기로.

"그리고 보니 넌 여기서 더 안쪽으로 들어가 본 적도 있냐?"

"있죠."

"진짜?!"

캘커타 정글 지대만 해도 아직 제대로 정복이 끝나지 않은 미개척 지대였는데, 거기서 더 들어가 본 적이 있다니. 김창식은 속으로 생각했다.

'대체 부모님이 뭐하던 사람이야?'

"더 위험하고 그러냐?"

"예? 아뇨. 카메론 행성은 던전이 아닙니다. 더 들어간다고 더 위험해지거나 하지는 않아요."

"아. 그래……?"

"들어가면 들어갈수록 더 위험해지면 애초에 인류가 개발하겠다고 발을 들이밀지도 못했을 겁니다. 물론 캘커타 정글 지대보다 더 위험한 곳은 수두룩하지만요."

"어디 어디 가봤어?"

"흠……."

너무 많은 데다가 그중 기밀인 게 절반은 넘는 것 같았다. 수현은 대충 이 주변을 떠올렸다.

"지금 우리가 어디쯤까지 왔죠? 생각보다 많이 왔네요. 여기서 조금만 더 동쪽으로 가면 아메스 평야가 나옵니다. 저도 거기는 몇 번 가본 적 없습니다만."

"오. 뭐가 있는데?"

"글쎄요……."

"너도 다 아는 건 아니구나."

"다 알면 제가 왜 여기서 이러고 있겠습니까?"

아메스 평야는 캘커타 정글 지대처럼 위험한 곳이 아니었다. 나타나는 몬스터들도 그렇게 많은 편이 아니었고, 거기에 평야라는 지형 조건 때문에 기습당할 위험도 적었다.

그렇기에 역으로 수현은 거기에 갈 일이 없었다. 수현은 언제나 해결하기 힘든 곳에 해결사로 뛰어들어야 했다. 아메스 평야처럼 비교적 안전하고 온건한 곳에는 지나갈 때를 제외한다면 갈 이유가 없었다.

"거기는 뭐가 있냐? 비싼 몬스터 같은 거 없어?"

"거기는 비싼 몬스터보다는 자원이 좋은 곳이라서……. 거기 가 있는 회사들이 꽤 있을 겁니다."

"이야. 신기하네. 그러면 캘커타 같은 곳이 아닌 거기서 사업하는 게 더 쉽지 않냐?"

"이미 경쟁하는 놈들 많아서 레드오션인 데다가, 자원이 있다고 해도 찾는 건 보통 어려운 게 아니거든요? 게다가 거기에는……."

수현의 말이 도중에 끊겼다. 무언가를 발견한 것이다.

"트롤입니다."

"어? 어디?"

"저쪽에……. 안 보일 겁니다."

"젠장. 나도 강화 수술받아야지. 서러워서 살겠나."

시력의 차이가 아닌, 집중력과 경험의 차이였지만 김창식은 그걸 알지 못했다.

"쫓을 거야?"

"쫓아야죠. 날마다 오는 놈도 아닌데."

미리 함정을 파거나, 미리 대기하고 있거나. 방법의 차이는 있었지만 이건 모두 사냥꾼들이 준비한 전장에 트롤을 유인하는 방식이었다. 주도권이 사냥꾼에게 있는 것이다.

그에 비해 멀리서 움직이는 트롤을 쫓는 건 반대였다. 어떤 함정도 준비할 수 없었다. 그리고 트롤을 쫓다 보면 어지간해서는 트롤도 이쪽을 눈치채게 되어 있었다.

트롤의 덩치 때문에 착각하기 쉬웠지만, 트롤은 의외로 민첩하고 지구력이 좋은 몬스터였다. 빠르게 쫓다 보면 들키지 않을 수가 없었다.

그렇기에 김창식은 수현에게 물었다. 쫓을 거냐고. 미리 준비한 상태가 아니라 직접 덤비는 거면 상황이 다르지 않은가.

그러나 수현은 망설이지 않고 바로 쫓는다고 대답했다.

처음 사냥할 때라면 김창식은 괜찮냐고, 뭔가 방법이 있냐고 물었겠지만 이제 아니었다. 김창식은 수현의 비상식에 이미 적응을 마친 상태였다.

'저놈이 저러면 뭔가 생각이 있겠지!'

수현이 저렇게 나오면 뭔가 방법이 있어서 저러는 게 분명했다. 그러면 그는 짐꾼답게 닥치고 수현의 뒤를 쫓아가면 됐다. 김창식은 그렇게 생각하며 수현의 뒤를 바짝 쫓아 달렸다.

울창했던 정글도 어느새 점점 열어지고 있었다. 간간이 보이던 늪지대도 더 이상 보이지 않았고, 수현은 그들이 캘커타 정글 지대를 주파해서 타 지역의 경계선까지 왔다는 걸 느끼고 있었다.

'저놈만 잡고 돌아가야겠군.'

휴가가 넉넉하기는 했지만 그렇다고 여기서 몇 개월을 보낼 수는 없었다.

게다가 김창식은 벌써 체력의 한계를 보이고 있었다. 저렇게 가다가는 곧 한 번 실수할 것 같았다.

김창식은 체력이 약한 사람이 아니었다. 그도 훈련받은 군인이었다. 그가 저렇게 지친 건 캘커타 정글 지대의 환경 때문이었다.

덥고 습한 데다가 언제 나타날지 모르는 몬스터까지. 수현 정도의 강심장이 아니라면 지칠 수밖에 없었다.

"먹이를 쫓나? 좀 빠르게 움직이네요. 체력 괜찮죠?"

"헉, 헉…… 무, 물론이지!"

"……쉬었다 갈까요?"

"괜찮다!"

수현이 김창식을 잡일꾼 목적으로 데리고 오기는 했지만 그렇다고 그가 짐을 전부 다 드는 건 아니었다. 체력 배분을 위해서 이동할 때에는 무게를 비슷하게 맞춰놓았다. 그런데도 이렇게 차이가 나는 건, 요령과 초능력 때문이었다.

"벌써 이러시면……."

"괜찮다니까! 트롤은?!"

"목소리 낮추시고. 저기 멈췄습니다. 뭔가 먹는 거 같은데……."

"어? 좋은 기회 아니냐?"

아직 미숙한 김창식이었지만, 몬스터가 무언가 먹을 때 비교적 방심을 한다는 것 정도는 생각할 수 있었다.

"좋은 기회긴 한데, 놈이 좀 애매한 곳에 멈춰서……. 저기로 접근하면 놈이 먼저 눈치를 챌 겁니다."

주변에 장애물이 거의 없고, 바람마저 불리한 방향으로 불고 있었다. 수현 혼자라면 염동력을 사용해 입체적으로 기동한 후 기습하겠지만 지금은 김창식이 있었다. 눈치채이지 않고 접근하기는 힘들 것 같았다.

'상관없겠지.'

수현은 낮췄던 자세를 원래대로 돌리고, 성큼성큼 걸어서 접근했다. 주변에 다른 몬스터가 없다는 건 확인을 끝냈다.
트롤 한 마리 정도라면 정면에서 염동력으로 붙잡고 숨통을
끊어버릴 수 있었다.

"나는?"

"거기서 조용히 숨죽이고 계세요."

김창식은 고개를 끄덕이고서 숨을 죽였다. 수현은 만족스
러운 표정을 지었다. 김창식은 훌륭한 병사가 될 자질이 엿
보였다.

까라는 대로 까는 재능이 뛰어났던 것이다. 나이 어린 사
람의 명령에 바로바로 따르는 것도 재능이었다.

-크륵?

트롤은 정체 모를 고기를 뜯다가, 멀리서 다가오는 냄새를
맡고 움찔했다.

당당하게 걸어오고 있었기에 눈치채지 않으려고 해도 않
을 수가 없었다.

"자. 와라."

트롤은 호전적인 몬스터였다. 몬스터 중에서는 인간만 보
면 도망가는 놈도 있어서 가끔 골머리를 썩였지만, 트롤은
아니었다. 어지간한 상황이 아니고서야 인간만 보면 눈을 붉
게 물들이고 달려드는 놈들이 바로 트롤이었다.

그렇기에 수현도 일부러 숨지 않고 다가갔다. 잡을 자신만

있다면 트롤을 상대하면서 은, 엄폐는 의미가 없었다.

─크르륵…….

"오라니까?"

수현은 계속 걸어가면서 그렇게 말했다. 놈이 달려들면 바로 염동력으로 자세를 무너뜨리고 목을 그어버릴 계획이었다. 그런데 놈이 움직이지 않았다. 머뭇머뭇거리더니…….

몸을 돌려 도망쳤다.

─크륵륵!

"?!?!?!?!"

수현은 너무 놀라서 잠시 멈췄다. 수현 정도 되는 사람이 이렇게 충격을 받는 경우는 정말로 드물었다. 그렇지만 눈앞의 광경은 그럴 만한 자격이 있었다.

"아니…… 뭘……?"

"어떻게 된 거야?!"

김창식의 목소리가 통신기를 통해 들려왔다. 그도 지금 상황을 파악하지 못하고 있었다.

"내가 뭘 잘못 먹었나? 아니……."

호전적인 걸로만 따지면 손가락 안에 꼽을 놈이, 한 번 싸우지도 않고 바로 몸을 돌려 도망을 치다니. 수현은 도저히 이해가 가지 않았다.

몬스터의 호전성은 인간과는 달랐다. 아무리 강해 보이는 놈들이라도 일단 한 번 부딪히고 보는 것이다.

게다가 수현은 파워 아머도 입지 않고, 총도 들지 않고 맨몸으로 다가온 상태. 트롤이 도망갈 거라고는 상상도 하지 못했다.

"지금 트롤이 도망친 거냐?"

"저도 처음 봅니다. 쫓죠!"

김창식이 다가오고 나서야 수현은 충격에서 벗어났다. 인간을 보고 도망치는 트롤이라니, 오크 발레리나만큼이나 충격적이었다. 둘은 쫓으면서 이 기묘한 상황에 대해 이야기했다.

김창식은 수현만큼 경험이 많지 않았기에, 트롤이 도망간 것에 대해 놀라워는 했지만 그렇게 충격은 받지 않았다.

"트롤이 도망도 치냐? 한 대도 안 맞았잖아."

"저도 지금 놀라는 중입니다."

"네 눈빛에 겁먹은 거 아냐?"

"그런 놈이면 몬스터가 아니죠. 아니, 대체 왜……."

트롤이 도망갈 거라고는 상상도 하지 않았기에 총은 꺼내들지도 않고 있었다. 수현은 벌써 거리를 벌리고 도망치고 있는 트롤을 보자, 놈을 붙잡고 어떻게 된 건지 심문하고 싶은 충동이 일었다.

"저놈……. 진짜 빠른데……?"

다치지 않은 트롤의 전력질주는 생각보다 어마어마했다. 쿵쾅거리는 소리를 내며 도망치는 트롤은 마치 살아 움직이는 탱크 같았다.

'젠장. 권총으로 트롤 잡는 건 진짜 무리수인데.'

염동력을 강하게 사용한다면 어떻게든 될 것 같았지만 옆에는 김창식이 있었다. 아무리 김창식이 호구라도 권총으로 트롤을 잡은 걸 본다면 속여 넘길 수가 없었다.

그렇지만 지금 트롤의 속도는 김창식과 보조를 맞춰서 쫓아갈 수 있는 속도가 아니었다. 놈이 사냥할 때보다 훨씬 더 빨리 움직이고 있는 것 같았다.

마치 궁지에 몰린 인간이 괴력을 발휘하는 것처럼, 트롤은 정말 전력을 다해 도망치고 있었다.

'그냥 포기할까?'

수현은 그렇게 생각했다. 저놈 하나 잡자고 전력으로 뛰어가면서 체력 소모를 하는 건 좋은 선택이 아니었다.

카메론 행성에서는 언제나 늘 다른 몬스터를 염두에 둬야 했다. 하나에 눈이 팔려서 전력을 쏟아붓는 건 멍청한 짓이었다.

"평야잖아?!"

"세상에. 오늘 진짜……."

수현은 그가 꿈을 꾸고 있는 게 아닌가 싶어서 중얼거렸다. 트롤이 주 서식지인 캘커타 정글 지대에서 벗어나 아메스 평야로 도망을 치다니. 대체 얼마나 겁을 먹은 건지 상상도 가지 않았다.

나무를 후려쳐서 박살 내버리고 길을 만든 트롤은 평야를 달려갔다. 수현은 평야의 입구에서 발걸음을 멈췄다. 김창식은 헉헉거리면서 물었다.

"포기?"

"여기서 기다려봅시다. 놈이 트롤이라면 돌아올 겁니다. 서식지에 엄격한 놈이니까요."

"와. 난 트롤이 이렇게 빨리 도망칠 수 있는 놈인지는 처음 알았다. 저 덩치에."

"저도 오늘 처음 알았습니다."

언제나 도망치는 트롤은 반쯤 죽은 트롤이었다. 저렇게 쌩쌩한 놈이 도망치는 건 정말 드문 경험이었다.

수현은 트롤이 어느 정도 달리다가 멈추리라고 생각했다. 평야에서는 트롤 같이 거대한 몬스터가 몸을 숨기기가 힘들었다. 굳이 쫓지 않더라도 눈으로 추적할 수 있었다.

다그닥, 다그닥-

"......?"

수현은 멀리서 희미하게 말발굽 소리를 들은 것 같았다. 처음에는 착각한 줄 알았지만, 착각이 아니었다. 저 멀리서 누군가 말에 탄 채로 달려오고 있었다.

눈부신 긴 백금색 머리카락은 하나로 질끈 묶어 뒤로 넘기고, 녹색 눈동자에는 굳은 의지가 엿보였다. 조밀한 이목구비는 감탄이 나올 정도로 아름다웠다.

복장 자체는 전형적인 엘프식 복장이었지만, 손에 들고 있는 건 달랐다. 한 손에는 휘어진 세이버, 한 손에는 레버액션 샷건. 마치 영화에서 바로 튀어나온 것 같은 모습이었다.

"어, 어, 어, 저거…… 엘프 아냐?"

"엘프 맞습니다."

"뭐야? 어떻게 해?"

"뭘 어떻게 합니까. 여기서 싸움에 끼어들 수 있어요?"

김창식의 물음에 대답이라도 하듯이, 엘프는 전력으로 말을 몰아 트롤에게 달려들었다. 수현을 보고서 도망친 트롤이었지만 엘프를 보고서는 도망치지 않았다. 트롤은 엘프를 보고 사납게 울부짖었다.

"저놈, 저렇게 싸울 줄 알면 도망은 왜 친 거야?"

기껏 달려놓고서 사냥감을 뺏기게 되자 김창식은 투덜거렸다. 그러던 그는 주먹으로 손바닥을 치며 말했다.

"잠깐, 저 엘프 혼자서 트롤 사냥이 가능할까? 무리 아냐?"

"엘프처럼 여기 사는 이종족들이 몬스터에게 달려들 때는 승산이 있어서 달려드는 겁니다. 인간들이랑은 달라요."

트롤이 엘프를 향해 달려들었다. 엘프는 두려워하는 기색 없이 말을 몰았다. 말의 방향을 왼쪽으로 틀고서 오른쪽 면을 트롤에게 드러내자, 미끼를 문 트롤이 고함과 함께 뛰어들었다.

그리고 굉음이 터져 나왔다.

─카아아아아아악!

단단한 트롤의 머리가 거의 절반 정도 날아간 것 같았다. 상상을 초월하는 위력이었다.

아무리 샷건이라지만 저런 위력은 불가능했다. 수현은 엘프가 초능력자라는 걸 깨달았다.

'강화?'

몇 번 본 적 있었다. 물건을 강화하는 초능력은 무난하면서도 강력한 초능력이었다.

샷건의 탄환을 달려드는 트롤의 머리에 먹인 엘프는 멈추지 않았다. 그대로 말 위로 뛰어올랐다. 그리고 거꾸로 돌며, 트롤의 목을 향해 한 손에 든 세이버를 휘둘렀다.

은색 섬광이 허공에 그려졌다.

툭!

머리에 받은 데미지로 비틀거리던 트롤은 저항도 하지 못하고 즉사했다. 그림 같은 싸움법이었다. 그걸 본 김창식의 표정은 완전히 풀어져 있었다. 벌린 입에서는 금방이라도 침이 흘러나올 것 같았다.

"대, 대단하군."

"통역기 킵시다. 저 엘프가 우리 눈치챈 거 같으니."

"……?!"

김창식은 수현의 말에 퍼뜩 정신을 차렸다.

이종족은 TV에서 보거나, 도시에서 이미 문명에 적응한 자들이나 봤지 이렇게 야생에서 따로 살아가고 있는 이종족들을 만난 적은 없었다.

괜히 긴장되는 걸 느끼며, 김창식은 기침과 함께 허리를 폈다.

7장
트롤 사냥꾼(3)

도시에 살면서 인간들의 언어를 배운 이종족이 아닌, 바깥에서 사는 이종족들과 접할 때에는 조심해야 했다. 그들에게 인간은 침입자에 불과했다. 실제로 인간에게 적대심을 가진 이종족들은 종종 볼 수 있었다.

　게다가 지난 역사에서 교훈을 얻은 인류는 강력하고 엄격한 법률로 카메론 행성의 사람들을 통제했다. 같은 인간을 죽이는 것보다 이종족을 죽이는 게 처벌이 더 심하게 결정될 정도로.

　여러모로 미개척 지대의 이종족들은 접촉을 안 하는 게 편했다. 그러나 인간들은 끊임없이 접촉을 시도했다.

　바로 이익 때문이었다.

"우리 말 제대로 알아듣는 거 맞지? 엘프어로 설정했으니……."

"그렇게 걱정 안 해도 될 겁니다. 저 엘프 보세요. 총에, 시계까지. 인간과 접촉을 한 적이 있는 엘프입니다. 보자마자 공격하지는 않을 겁니다."

김창식은 그제야 엘프가 들고 있는 총이 인간의 무기라는 걸 깨달았다.

윈체스터 M2087.

한참 카메론 행성의 개척자들을 상대로 무기가 쏟아져 나올 때 나온 무기였다. 민간용, 사냥용으로 만들어진 레버액션 샷건이었지만 지금은 쓰는 사람을 찾기 힘들었다. 위력이야 괜찮았지만 몬스터 상대로 접근해서 연사력이 떨어지는 무기를 쓰려는 사람은 드물었기 때문이었다.

한물간 무기였지만 인간의 무기는 무기였다. 엘프가 들고 있다는 것 자체가 신기했다.

"저거……. 어떻게 총을 들고 있는 거야? 설마 인간을 죽이고 뺏은 거 아냐?"

"뭔 헛소립니까? 선배. 아무리 지구에서 근무했다지만 기본적인 상식도 안 배우고 왔어요?"

"응?"

"저건 다 상인들이 가져다 판 겁니다."

이종족들이 가진 것들을 노리고 장사를 시도하는 상인들의 숫자는 이제 정확하게 파악하기도 힘들었다. 그런 물건들 중 언제나 꾸준히 인기 있는 게 무기였다. 험악한 환경에서 인류의 무기는 이종족들에게 인기가 좋았다.

"그나저나 엘프라니. 이거……."

엘프는 여러모로 인기가 좋았다. 단지 그 아름다움뿐만이 아니라, 주변 환경에 대한 높은 이해도도 유명했다. 그들은 자원에 대해 별다른 관심이 없었지만, 인류는 자원에 대해 환장을 한 상태였다.

그중에 엘프가 박식하기로 유명한 것이 식물 계열이었다. 그걸 떠올린 수현의 머리가 빠르게 돌아갔다.

'여기서 백하초를 구할 수 있을까?'

"인간. 인간. 맞나? 제대로 들리는 건가?"

"제대로 들리니 걱정 안 해도 된다."

엘프는 자신이 갖고 있는 통역기가 제대로 기능하고 있는지 확신이 안 서는 모양이었다. 몇 번 묻더니 알아들을 수 있는 대답이 나오고서야 고개를 끄덕였다.

언어야 달랐지만 싸구려 스마트 워치에 달린 통역 기능만으로도 원활한 소통이 가능했다.

탁–

말 위에서 가볍게 뛰어내린 후, 엘프는 고개를 숙였다. 꽤나 공손한 인사였다.

"……?"

"뭔가. 그대들은 인사를 안 하나?"

"아니, 그건 엘프식 인사법이 아니잖아."

"엘프식 인사법? 엘프식 인사법을 아나? 신기하군. 그보다 인간들은 이렇게 인사를 한다고 들었는데."

"다 그렇게 하는 건 아니야. 이상하게 배웠군."

"음……. 내가 좀 잘못 배운 것 같군. 미안하게 됐네. 어쨌든 그대들. 처음 뵙겠네. 나는 에이다 스란달이라고 하네."

"김수현."

"김창식."

"둘이 형제인가?"

"성씨 같다고 다 형제이면……. 젠장. 설명하기가 복잡하군. 어쨌든 아니야. 그보다 왜 말을 건 거지? 우리한테 볼 일이 있나?"

"아. 원래 이 주변은 트롤이 보이지 않지. 가끔 길 잃은 멍청한 놈이 나올 때가 있기는 하지만. 순찰을 돌다가 트롤이 돌아다니는 걸 보고 잡았는데, 그 뒤에서 그대들이 보이더군. 그래서 물어보기 위해 왔네. 그대들이 쫓던 트롤이었나?"

"맞아."

"이런. 사냥감을 뺏어서 미안하게 됐군."

"됐어. 도망치는 놈을 못 잡은 게 멍청한 거지."

수현의 말에 에이다는 고개를 갸웃거렸다.

"아쉽지 않나? 인간은 그런 면에서는 철저한 걸로 알고 있는데."

"아쉬운 건 아쉬운 거고. 놓친 건 놓친 거지. 억지 부릴 생각은 없다. 엘프. 쓸데없는 걱정을 했군."

김창식은 옆에서 억울한 표정으로 수현을 쳐다보았지만, 수현의 말에 토를 달지는 않았다.

"으음……. 그래도 이게 온전히 내 것은 아니라고 생각된다만. 트롤을 여기까지 몰고 온 것도 분명히 공이니까 말이다. 혼자 독점할 수는 없다. 트롤의 원하는 부위를 말해 봐라. 괜찮다면 나눠주도록 하겠다."

"친절한데? 저렇게 나오는데 받아줘야 하지 않아?"

"선배, 입 다물고 계세요."

"……."

김창식은 다시 입을 다물었다.

"트롤의 사체는 다 가져도 괜찮아. 그렇지만 괜찮다면 다른 부탁을 하고 싶은데."

"다른 부탁? 미안하지만 새로 거래를 할 수는 없네. 우리 부족은 이미 거래를 하고 있는 상인들이 있어서."

"그건 이미 짐작하고 있었어. 총에 시계까지 차고 있는데 눈치 못 챌 리가 있나."

"눈썰미가 좋군. 피 냄새가 짙은 것도 그것과 상관이 있는
건가?"

"뭔 소리야? 피주머니는 완전히 밀봉한 상태인데."

김창식은 이해가 가지 않아 킁킁거렸지만, 수현은 엘프의
말을 이해했다. 저 엘프는 수현의 힘을 어느 정도 눈치챈 게
분명했다.

말하는 걸 보니 저 엘프가 다가온 것도 그냥 호의가 아닌
것 같았다. 아마 저 엘프는 트롤을 독점했다가 수현과 싸울
지도 모른다고 걱정한 게 분명했다. 꽤나 생각이 깊고 판단
력이 좋은 엘프였다.

'그렇지만 뺏을 생각은 조금도 없었다고.'

"이봐. 무슨 일이 생기든 간에 그쪽을 공격할 생각은 조금
도 없어."

에이다는 빙긋 웃으며 대답했다.

"나도 그런 걱정은 안 하고 있네."

'거짓말이군.'

엘프는 예의 바른 태도로 서 있었지만, 경계는 확실하게
하고 있었다. 언제라도 싸울 수 있다는 게 전신에서 느껴졌
다. 수현은 더 이상 신경전을 벌일 필요를 느끼지 못했다. 원
하는 걸 말하고 바로 교섭에 들어갈 생각이었다.

"내가 원하는 건 백하초야. 혹시 백하초를 구할 수 있을까?"

"으음?"

의외의 말을 들은 에이다의 귀가 쫑긋거렸다. 그녀는 고개를 갸웃거리더니 물었다.

"인간이 백하초를 쓸 일이 있나? 상인이었던 건가?"

"상인은 아니지만 개인적으로 필요해."

"미안하지만 저 트롤의 시체를 다 가져가더라도 백하초는 줄 수 없네. 상당히 귀한 약초여서."

"그렇겠지."

트롤의 시체는 엘프한테 그렇게까지 필요한 게 아니었다. 트롤의 피가 귀한 약이긴 했지만 그들은 그게 없어도 잘 살 수 있었다. 그에 비해 백하초는 구하기 힘든 희귀한 약초. 엘프들 입장에서는 당연히 후자가 더 소중했다.

"그렇다면 일단 있기는 있다는 거군?"

"눈썰미가 너무 좋군, 그대. 그래. 우리 부족은 백하초를 가지고 있지. 그렇지만 숫자가 너무 적어서 밖으로 팔 생각은 없어. 미안하게 됐네. 그냥 트롤의 시체를 양보하지."

"트롤의 시체는 내가 양보하지. 거기에 뭘 더 얹을 수는 없나? 내가 뭘 해야지 백하초를 줄 수 있지?"

에이다의 옅은 눈썹이 살짝 모여졌다가 펴졌다. 그녀는 수현이 무슨 짓을 하지는 않을까 두려워하고 있었다. 처음 봤을 때부터 수현은 압도적인 존재감을 뿜고 있었던 것이다.

김창식이야 흐릿했지만 수현은 멀리서부터 뚜렷하게 느껴졌다. 싸우게 된다면 자신이 없었다.

인간이 이종족을 대할 때 규정이 있다는 건 알고 있었지만, 그렇다고 모든 인간이 그 규칙을 지키리라고 믿는 건 아니었다.

'젠장. 겁을 먹고 있군.'

수현은 속으로 한숨을 내쉬었다. 정말 순수한 의도로 거래를 할 생각이었는데, 엘프가 겁을 먹고 있는 것 같았다. 이종족을 협박하는 건 남는 게 없었다. 아쉬웠지만 계속 이렇게 겁을 먹는다면 차라리 포기하고 물러서는 게…….

"이봐, 협박하는 게 아니야. 정말 줄 수 없다면. 어쩔 수 없지. 그냥 서로 갈라지자고."

"김수현이라고 했나? 백하초를 줄 수는 있네."

"……뭘 해줘야 하지?"

말도 하기 전에 눈치를 챈 수현을 보고 에이다는 다시 한 번 빙긋 웃었다. 적인지 아닌지는 확실하지 않았지만 일단 범상한 인물이 아니라는 건 확실했다.

"그대들이 제일 잘하는 것."

"아메스 평야에는 우리들의 적이 별로 없네. 기껏해야 다른 곳에서 나온 몬스터 정도일까. 그런데 최근에 랩터가 나타났어."

랩터. 덩치는 작았지만 몬스터 중에서는 손가락 안에 꼽힐 정도로 영리한 지능과 교활함으로 악명 높은 몬스터였다. 무리를 지어서 싸우고 움직이는 몬스터였기에 한 번 걸리면 보통 치열하게 싸워야 하는 게 아니었다.

"성인 엘프는 싸울 수 있지만 우리 부족에는 성인들만 있는 게 아니야. 게다가 놈들의 무리가 더 커지면 성인들도 위험해지네. 이들을 박멸해 줄 수 있겠나? 해준다면 백하초를 줄 수 있네. 부족의 사람들도 그 정도라면 납득해 줄 거야."

"엘프들로 토벌을 할 수는 없어? 무장도 인간한테 밀리지 않을 텐데."

듣던 김창식은 이해가 가지 않아 물었다.

"엘프들은 전원이 전투원이 아니잖습니까. 그에 비해 인간들은 전투원들이 우글거리고. 랩터 사냥은 만만한 게 아닙니다. 워낙 똑똑한 놈들이라……."

"그래. 엘프들 만으로 싸우는 건 벅찬 감이 있지. 그래서 그대들의 동료들과 같이 랩터를 토벌해 줬으면 하는 거야."

에이다도 수현이나 김창식 단둘이서 랩터와 싸우리라고는 생각지도 않았다. 인간들은 도시에 동료들이 많으니, 그들과 함께 움직여 랩터를 토벌해 주기를 바라고 있었다.

"어떻게 하겠나?"

"좋아. 받아들이지."

"······!"

"이 사람이 문제인데. 사냥이 끝날 때까지 마을에서 데리고 있을 수 있나?"

이미 상인이 교류를 시작한 곳이라면 위치도 비밀이 아닐 것이다. 에이다는 선선히 고개를 끄덕였다.

"그건 괜찮지만······. 둘이 같이 다니는 게 낫지 않나?"

"랩터면 혼자가 편해."

"??"

에이다는 수현의 말을 이해하지 못했다. 동료를 데리러 가는 게 아니었나? 그녀의 반응에는 아랑곳하지 않고, 수현은 사냥을 준비했다. 마을에 가서 김창식에게 기다리라고 하자 그가 불안한 표정으로 말했다.

"여기 나 혼자 있어도 괜찮냐? 완전히 외부인인데······."

"안에서만 가만히 있으세요. 혹시 공격하면 그냥 맞으시고."

"뭐?!"

"원수는 확실히 갚아드릴 테니까."

"야, 농담이지?! 농담이지?!"

수현은 대답하지 않고 떠났다. 에이다는 의아하다는 목소리로 물었다.

"동료를 데리고 가는 거라면 굳이 그대를 여기에 두고 갈 이유가 있나? 혹시 그대는 싸움을 못 하는 것인가?"

"……."

김창식은 굴욕으로 고개를 숙였다. 그는 수현이 빨리 오기만을 기다리며 가시방석에 앉은 기분으로 시간을 보냈다. 기껏 온 엘프 마을이었는데 구경할 생각도 들지 않았다.

열두 시간 정도가 지났을까, 에이다는 멀리서 수현이 돌아오고 있다는 말을 듣고 마을 앞으로 마중을 나갔다.

'벌써 동료를 데리고 온 건가?'

아무리 빨라도 며칠은 걸릴 줄 알았는데. 에이다는 주변을 둘러보았다. 그러나 다른 인간들은 보이지 않았다. 수현은 혼자서 걸어오고 있었다.

"동료들은 다른 곳에 있나?"

"뭔 동료? 사냥 끝났다."

"……?"

"랩터들 전부 죽었다고."

"······!

수현은 원래 감정을 얼굴에 드러내는 편은 아니었지만, 지금은 달랐다. 초능력의 소모와 격전의 피곤함 때문에 모든 게 귀찮았다. 설명을 원하는 표정으로 쳐다보는 에이다를 향해 수현은 말했다.

"근방의 숲 입구에 사체를 쌓아놓았으니 바로 확인이 가능할 거다. 나머지 이야기는 좀 쉬었다 하고 싶군. 괜찮겠지?"

"아? 물, 물론이다. 안내해 주겠다."

어떻게 된 건지 정말로 듣고 싶었지만, 무리한 일을 해내고 온 사람한테 억지로 캐물을 정도로 에이다는 무례하지 않았다.

그녀는 일단 수현을 데리고 쉴 수 있는 곳으로 안내했다.

"어떻게 된 거야?!"

"목소리 높이지 마십쇼. 짜증 나니까."

평상시에는 적당히 가면을 쓰고 사람들을 상대했지만, 위급한 상황이거나 피곤한 상황에는 본색이 나왔다. 수현의 말에 김창식은 더 이상 묻지 않았다.

"내가 뭐 해줄 거라도 있냐?"

"잘 건데, 방해하는 놈들이 있다면 전부 쏴버려요."

"······알겠다."

질린 목소리로 대답하고서 김창식은 고개를 끄덕였다. 수현은 안으로 들어가 바로 누웠다. 엘프식 건물의 안은 깔끔하게 정돈이 되어 있었다.

눈을 뜨고서, 수현이 가장 처음 깨달은 건 볼에서 느껴지는 감촉이었다. 누군가가 그의 볼을 손가락으로 잡아당기고 있었다.

"뭐야······?"

수현은 바로 몸을 일으켜 세운 후 손을 쳐냈다. 아무리 살기가 없다지만 이렇게 가까이 다가왔는데 눈치를 채지 못하다니.

'돌아오고 나서 여러모로 느슨해졌어. 젠장.'

"넌 누구냐?"

앳된 얼굴에, 작은 체구의 엘프가 그를 내려다보고 있었다. 어딘가 에이다를 닮은 이목구비.

'가족인가?'

수현은 일어난 다음 물었다.

"넌 누구냐? 여기 있던 인간은 어디 갔고?"

"에렌딜. 여기 있던 인간은 식사하러 바깥으로 갔어."

어린 엘프는 두 가지 질문에 차례대로 대답했다. 수현은 고개를 끄덕였다.

"쯧. 안전한 곳이기는 해도 경계는 좀 할 것이지……. 안 내 좀 해줄래? 아니, 손을 잡을 필요는 없고."

에렌딜은 수현의 말을 듣자 그의 손을 잡아끌고 어딘가로 가려고 했다. 수현은 손을 놓고서 먼저 가라고 신호했다. 그녀의 뒤를 따라가며 수현은 마을을 둘러보았다.

가끔 보이는 엘프들은 이방인인 그에게 시선을 던지기는 했지만 두려움이나 공포가 보이지는 않았다. 이미 몇 번 상인들이 교역을 위해 오갔던 모양이다.

'괜찮군. 깔끔하고……'

이종족들의 문화는 인간이 적응하기 힘든 경우가 종종 있었다. 그런 면에서 봤을 때 엘프의 문화는 비교적 적응하기 쉬운 문화였다.

자연친화적인 면만 제외한다면 그다지 놀랄 것도 없었다.

마을 가운데에 있는, 거대한 나무의 그늘 아래에서 엘프들이 앉아 있는 게 보였다. 거기서는 김창식도 있었다. 수현은 조용히 다가가 의자의 뒤를 걷어찼다.

"으컥?!"

"뭐 해줄 거냐고 진지하게 묻더니 혼자 식사하러 갑니까?"

"아, 아니. 괜찮을 거 같아서. 미안."

"나 참……."

수현을 본 에이다가 걱정스러운 목소리로 물었다.

"일어났나? 몸은 괜찮고?"

"다친 곳 없으니 걱정 안 해도 된다, 엘프. 그보다 확인은 했나?"

"엘프가 아니라 에이다다."

"아. 이거 미안하게 됐군. 습관이 되어서……. 그래. 에이다. 확인은 마쳤나?"

"확인은 했네."

수현이 쿨쿨대며 자고 있는 동안, 에이다는 부족의 전사들과 함께 수현이 말한 숲의 입구로 이동했다. 반신반의하던 그녀였지만, 산더미처럼 쌓여 있는 랩터의 시체들을 보고 경악했다. 이 정도의 숫자라면 정말 전부 죽인 게 맞았다.

"들어간 지 얼마나 됐다고 이 숲의 랩터들을 처리한 거지?"

"……."

처음 봤을 때부터 범상한 인간이 아니라는 건 예상을 했지만, 이건 너무 예상을 뛰어넘었다. 뛰어난 전사도 어느 정도 선이 있지, 이런 일을 해낼 수 있는 인간은 수가 틀리면 뭐든지 할 수 있었다. 에이다는 수현과 괜히 거래를 한 게 아닌가 걱정이 들었다.

"다행이군. 그러면 백하초를 주지 않겠어? 이쪽도 한가한 건 아니라서."

"물론이네. 걱정할 필요는 없어. 나는 약속을 어기는 사람이 아니니까. 그보다 식사부터 하지 않겠나? 계속 돌아다니느라 배가 고팠을 텐데."

"너희 채식주의자잖아. 난 고기가 좋은데……."

말은 그렇게 하면서도 수현은 에이다가 건네준 그릇을 받아들었다. 상큼한 맛이 나는 이파리들을 우적우적 씹으며, 수현은 물었다.

"마음 같아서는 백하초를 건네주고 마을 바깥으로 나가라고 하고 싶을 텐데, 이렇게 식사를 대접하는 건 원하는 게 있어서겠지?"

"……!"

에이다의 귀가 움찔했다. 수현은 그걸 보고 속으로 웃었다. 그녀가 이 엘프 부족 내에서 꽤나 높은 위치라는 건 짐작하고 있었다. 생각이 깊고 능력이 좋은 것도 있었지만, 이런 거래는 아무나 할 수 있는 게 아니었으니까. 그렇지만 예상 밖의 일이 일어나면 당황하는 게 드러났다.

"뭐가 궁금한 거지? 랩터를 사냥한 방법?"

"부정하지는 않겠네. 그렇지만 만약 알려주기 힘든 방법이라면……."

"됐어. 그게 뭐 어렵다고."

의외로 수현은 쉽게 말문을 열었다. 물론 속셈이 있었다. 그가 한 랩터 사냥 같은 건 요령이나 지식보다는 실제 능력이 중요했다. 알려줘 봤자 바로 써먹을 수 있는 게 아니었던 것이다. 그런 걸 알려주고서 이 인근의 엘프와 우호적으로 지낼 수 있다면 남는 장사였다.

"……그보다 이 엘프 좀 떼어주지 않겠어?"

이야기를 시작하려던 수현은 그의 등 뒤를 타고 올라 매달리는 엘프를 가리키며 말했다.

"이, 이런. 에렌딜, 그러지 말고 이쪽으로 와라."

"동생인가?"

"그렇다. 미안하군. 에렌딜, 이쪽으로 오라니까!"

수현은 거머리를 떼듯이 천천히 에렌딜을 잡고 들어내 옆에 앉혔다. 그리고 그녀를 움직이지 못하도록 단단히 붙잡았다.

"인간을 잘 따르네? 신기한데?"

"아니, 원래 인간을 잘 따르는 애가 아니다. 에렌딜!"

에이다가 언성을 높이자 수현은 손을 저었다. 어차피 방해가 되지는 않았다. 이런 거로 시간 낭비하고 싶지 않았다.

"그냥 이대로 말을 하지. 랩터를 사냥한 방법이 궁금하다고?"

에이다가 고개를 끄덕였다.

"그러면 역으로 물어보자. 랩터는 왜 사냥하기 어렵지?"

"교활하고, 민첩한 데다가 끈질기기까지 하니 당연한 거 아닌가?"

평야라고 해서 아무런 장애물이 없는 건 아니었다. 숲도 있었고, 지형에 어느 정도 굴곡도 있었다. 그 정도면 랩터가 숨기에 충분했다.

약한 적이 보이면 모여서 덤비고, 강한 적이 보이면 주저하지 않고 도망친다. 도망칠 줄 안다는 건 몬스터 중에서 찾기 힘든 강점이었다.

"결국 불리하다 싶으면 도망치는 그 습성이 문제란 거지. 그러면 도망을 못 치게 하면 돼."

"……?"

"누구나 약점을 가지고 있다고. 없는 놈은 없어."

사실 저번 생에서 수현은 사냥꾼이라기보다는 토벌자에 가까웠다. 이익을 위해 한 마리씩 사냥을 하는 게 아니라 그 지역으로 갈 사람들의 안전을 위해 몬스터 자체를 토벌하는 경우가 많았던 것이다.

그런 그에게 있어서 랩터 같이 육체 능력이 아닌, 지능과 끈질김으로 승부하는 몬스터는 오히려 좋은 먹잇감이었다. 그런 부류로 승부를 하려고 한다면 몬스터는 절대로 수현을 이길 수 없었다.

수현은 일단 숲으로 들어갔다. 숲은 랩터의 좋은 서식지였다. 나무와 수풀이 그들의 몸을 가려주는 것이다.

그런 이후 끈질기게 기다렸다. 이런 일에 있어서 중요한 건 한순간의 싸움보다 그 이전까지의 기다림이었다. 참을성이 없는 놈은 결코 이길 수 없었다.

결국 수현이 원하던 게 나타났다. 새끼 랩터였다.

"새끼 랩터를 쫓으면 다른 새끼 랩터들도 찾을 수 있어. 새끼 랩터들은 무리 생활을 하거든. 알도 거기에 있고."

"그런 다음에 어떻게 했어? 전부 죽인 건가?"

김창식의 질문에 수현은 고개를 저었다.

"그러면 효과가 없죠. 놈들을 전부 반쯤 죽인 다음에 한곳에 모아두어야 합니다. 다른 놈들한테 울음소리가 들리도록."

"……!"

"다른 상황이면 몰라도 새끼들이 공격당하면 랩터들도 도망을 가지 않거든요. 그다음부터는 그냥 싸움이었습니다. 랩터들 잡는 건 그쪽도 알고 있으니 굳이 설명하지 않아도 괜찮겠지?"

에이다는 질린 표정으로 고개를 끄덕였다. 생각지도 못한 방법이었다. 그러나 눈앞의 인간은 식사를 하면서 태연한 표정으로 아무렇지도 않게 말하고 있었다.

게다가 발상만 놀라운 게 아니었다. 수현이야 쉽게 말해서 넘어갔지만, 그렇게 모은 랩터들을 처리하는 것도 보통 일이 아니었다.

약해도 몬스터는 몬스터였다. 맹렬하게 덤벼드는 랩터 떼를 수현 혼자서 처리했다는 것이 믿겨지지가 않았다.

"뭐, 그렇게 해서 대충 다 처리했지. 이거 의외로 맛이 괜찮은데, 한 그릇 더 줄 수 있나?"

"아? 아아. 기다리게."

에이다가 일어나서 요리를 가지러 간 사이 수현은 에렌딜에게 물었다.

"그런데 넌 왜 자꾸 달라붙냐?"

"피 냄새가 나서."

"네 언니 같은 소리를 하는구나. 그보다 피 냄새가 나면 떨어져야 하지 않나?"

"난 피 냄새 좋아해."

"독특한 취향을 가진 엘프군."

그한테 피 냄새가 난다고 말하는 건 이해가 갔다. 엘프들 중에서는 감각이 예민한 자들이 많았다. 그런 이들에게 수현은 확실히 그렇게 느껴질 것이다. 그렇지만 그걸 좋아하는 건 예외였다. 이해가 가지 않는 독특한 취향이었다.

"그보다 이제 어떻게 할 거냐?"

"백하초 받고 돌아갑시다. 더 사냥하자고 남아 있기에는 시간이 애매하니까요."

"아참. 백하초는 왜 필요한 거야?"

"개인적인 사정 때문에 필요합니다. 왜요. 혹시 필요하십니까?"

"아니, 내가 그거 가지고 뭐 하게. 어디다 쓰는지도 모르는 물건이다."

수현이 그걸 얻기 위해 한 고생을 보면 흔하게 구할 수 있는 약초가 아니라는 것쯤은 짐작할 수가 있었다.

그렇지만 김창식은 아무런 말도 하지 않았다. 이제 그도 슬슬 느끼고 있었던 것이다. 수현이 어떤 사람인지 말이다.

능력적으로도 그와 비교도 안 되는 괴물인 걸 떠나서, 그 그릇 자체가 남달랐다. 나름 군대에서 굴러본 김창식은 잘 알고 있었다. 저런 놈은 훨씬 더 위로 올라갈 놈이었다.

그런 사람이 그에게 친절하게 대해줄 때는 적당히 선을 지켜서 굴어야 했다. 친절하게 대해준다고, 상대방이 만만해 보인다고 욕심을 부렸다가는 칼같이 잘려나가는 수가 있었다.

이번 백하초 일도 전적으로 수현이 해결한 일. 거기에 그가 몫을 요구할 부분은 없었다.

'욕심부리지 말아야지. 괜히 본전도 못 추릴라.'

김창식이 그런 생각을 하고 있는 동안 에이다는 요리와 함께 작은 함을 들고 왔다. 무늬 없이 수수했지만 잘 다듬어진 겉모습에서 수현은 그 함 안에 백하초가 들었다는 걸 알 수 있었다.

"갖고 왔나?"

"여기 있네. 그리고 한 가지 더 말할 게 있는데."

"듣고 있어. 말해봐."

함을 열고서 백하초를 확인한 수현의 얼굴이 환해졌다. 드디어 초능력을 확장시킬 수 있는 기회가 온 것이다. 그것도 그가 바라고 바라던 치유 능력.

마음 같아서야 당장 다른 곳에 가서 이걸 먹어치우고 싶었지만 앞에는 그를 쳐다보고 있는 엘프가 있었다. 수현은 아쉬운 마음을 삼키고 함을 닫았다.

"이런 약초는 내 마음대로 꺼낼 수가 없네. 다른 사람들의 허락을 먼저 받아야 하기 때문이지."

"뭐야. 그래서? 할 거 다 했는데 이제 와서 말을 바꾸는 건 아니겠지?"

"선배, 말은 끝까지 다 들읍시다. 계속해봐."

"물론 랩터 사냥은 미리 말을 해둔 상태였네. 약초 관리는 부족의 어르신들이 맡아서 하는데, 그분들에게 미리 허락을 구했지. 바깥의 인간이 랩터를 처리해 주는 대신 백하초를 원하는데 괜찮겠냐고."

수현이 깨어나고 나서, 에이다는 상황을 설명하기 위해 부족의 어르신들에게 찾아갔다.

수현이 랩터를 상대한 방법에 대해서는 그녀도 놀랐지만, 다른 엘프들도 놀란 건 마찬가지였다. 이야기를 전부 들은 엘프 중 한 명이 말을 꺼냈다.

"생각보다 훨씬 더 강한 인간이다. 네 판단을 무시하는 건 아니지만, 괜찮겠느냐? 나중에 무슨 일이 생길지도 모른다."

"저는……. 멋대로 행동하는 그런 인간은 아니라고 생각하고 있습니다. 일단은 예의를 아는 인간입니다."

수현은 경계를 하는 그녀를 보고 몇 번이고 물러서려고 했다. 그 모습은 상당히 강한 인상을 남겼다.

원하는 게 있는 인간은 그렇게 포기하고 물러서지 않았다. 어떻게든 끈덕지게 달라붙는 게 인간이었다.

"그렇다면 다행이지만."

"어떻게 생각하십니까? 저 인간에 대해서? 마을에 찾아오는 상인들과는 전혀 다른 것 같습니다만."

이들 중에서 가장 나이가 많고, 가장 현명한 것으로 알려진 엘프에게 시선이 모였다. 그는 기다란 파이프에 이파리를 채워 불을 붙이고서 말했다.

"네 동생한테 물어는 봤느냐?"

에이다가 냉정하고 좋은 판단력을 가지고 있다면, 에렌딜은 특별한 눈을 가지고 있었다. 자매가 모두 초능력자였던 것이다.

"그 애가 싫어하지는 않는 것 같습니다만...... 그 애의 눈을 너무 믿지 말아주십시오. 아직 어린아이입니다. 뭐가 그른지 그르지 않은지도 구분하기 힘든 나이잖습니까."

"그렇다 해도 핏줄은 핏줄이다. 오히려 어리니만큼 해가 될 사람과 해가 되지 않을 사람을 예민하게 구분할 수 있을지도 모르지."

부족장인 아버지가 잠시 자리를 비운 사이에, 에이다는 부족의 일을 맡아서 처리하고 있었다. 이들 모두가 그녀를 신뢰했다. 늙은 엘프는 에이다를 바라보며 말했다.

"너도, 네 동생도 그렇게 위험한 인간은 아니라고 생각하고 있구나. 다만 잘못 판단했을 경우가 걱정되는 거겠지."

속마음을 읽힌 에이다는 얼굴을 붉혔다. 아직 그녀는 경험이 적었다. 혼자서 이런 결정을 내리는 건 부담스러웠다. 수현이 적당히 인간들을 이끌고 와서 랩터를 토벌해 줬으면 적당한 용병들이라고 생각하고 거래를 마쳤을 텐데, 이렇게 혼자서 일을 처리해 버리니 혼란에 빠진 것이다.

만약 백하초 하나로 끝냈다가 나중에 앙심을 품고서 무슨 일이라도 시도한다면? 저 정도 능력을 가진 인간이라면 충분히 가능했다.

"그렇다면 안전하게 가면 되지 않겠느냐?"

"……?"

"그 인간한테 말을 전하거라. 뭔가 더 원하는 게 있느냐고. 만약 그 인간이 랩터를 사냥한 것에 대한 대가로 백하초가 너무 부족하다고 생각한다면, 무언가 더 말할 것이다. 그러면 그것에 맞춰서 주면 된다. 이렇게 하면 악감정을 품고 떠나지는 않겠지."

"그래도 되겠습니까?"

"그런 골치 아픈 놈들을 처리해 준 것에 비하면 싸게 먹히는 셈 아닌가. 자네들도 욕심을 부리지 말게. 일에는 정당한 대가를 치러야 해. 그렇지 않으면 나중에 크게 다치는 일이 생겨."

조언을 들은 에이다는 다시 돌아왔다. 그리고 수현에게 말했다.

"이번에 랩터 사냥의 결과를 듣고서 그분들이 그러시더군. 그렇게 일을 처리해 준 사람한테 백하초 하나만을 주는 건 너무 박하다고. 뭔가 원하는 걸 더 주려고 하네."

어느 정도 선을 지켜야 한다는 건 굳이 입 밖으로 내지 않았다. 에이다는 수현이 그 정도는 이미 알고 있으리라고 여긴 것이다. 본 지 얼마 되지 않았지만, 수현의 태도는 그런 신뢰감을 주었다.

"와, 이거 기회 아니냐? 엘프들이 줄 수 있는 것 중에서 가장 비싼 게 뭐지?"

"조용히 좀 해보세요, 선배. 생각 중이니까."

"뭘 생각해? 아. 비싼 약초?"

수현은 한숨과 함께 창식의 어깨에 손을 올렸다.

"……?"

"선배, 카메론 행성에서 오래 살려면, 누가 뭐 준다고 해서 덥석덥석 받아먹지 마세요. 특히 이종족의 경우에는 더더욱. 꼭 새로 온 인간들이 이종족 상대로 등쳐먹으려고 하는 경우가 있는데, 나중에 그거 다 받습니다."

이종족들을 만만하게 보고 수작을 부리는 상인들은 결국에 그 대가를 치르게 되어 있었다. 이 행성에서 잔뼈가 굵은 수현은 이종족들이 얼마나 강하고 끈질긴 자들인지 알고 있었다. 인류는 여기에 온 지 채 백 년 정도밖에 되지 않았지만, 그들은 여기에서 계속해서 살아온 것이다.

수현은 생각에 잠겼다. 원래 거래는 이렇게 하는 게 아니었다. 그가 랩터를 잡아주는 게 백하초에 비해 과한 일이긴 해도, 이미 서로 합의를 마친 상태였다. 그런 상황에서 굳이 이렇게 더 떠먹여 주려고 한다니?

그는 엘프와 친한 사이도 아니었고, 이번에 처음 만나서 서로의 이해관계로 합의한 사이일 뿐이었다. 그런 그에게 이렇게 친절하게 구는 건 한 가지 이유밖에 없었다.

'젠장. 그렇게 말했는데…….'

겁을 먹은 게 분명했다.

엘프들이 섬세하고 경계심이 많다는 건 알고 있었지만 이런 상황에 처할 때면 귀찮기 그지없었다.

물론 엘프들이 만날 인간 중에서 위험한 놈들이 위험하지 않은 놈들보다 훨씬 더 많을 테니 저런 태도는 현명한 것이었지만, 그것 때문에 오해를 풀어야 하는 건 그가 해야 하는 것이다. 수현은 이마를 짚었다. 한시라도 빨리 마법을 열고 귀환하고 싶었다. 그는 한숨과 함께 입을 열었다.

"백하초면 충분해. 필요 없다고 전해줘."

"뭐?!"

"······?!"

"처음 한 약속은 랩터를 처리하면 백하초를 받는 거였다. 이제 와서 더 받거나 할 이유는 없지. 그리고 가서 다시 한번 전해줘. 그쪽을 괴롭힐 생각은 조금도 없다고. 어차피 돌아가면 이 주변으로는 올 일도 없어."

"······!"

에이다는 흠칫했다. 수현은 알고 있는 것이다. 그들이 왜 그렇게 나왔는지 말이다. 그녀는 고개를 끄덕이고서 자리에서 일어났다.

"알겠네. 그렇게 전하지."

"왜 그랬어?!"

"저도 지금 아까워 죽겠으니 그만합시다."

수현의 말에서 심상치 않은 기운을 느낀 김창식은 바로 입을 다물었다. 그걸 본 수현은 옛날 생각이 났다. 예전에 그의 부하들도 쉴 새 없이 떠들어대다가도 그가 이렇게 말하면 바로 입을 다물고 그랬는데…….

엘프들한테서 마법에 필요한 약초를 구하는 건 그도 바라는 일이었다.

그렇지만 이런 방식은 아니었다. 괜히 겁먹은 엘프들을 이용해서 약초를 더 뜯어냈다가는 나중에 엘프들과 접촉했을 때 귀찮아질 수가 있었다.

'굳이 지름길로 갈 이유가 없다. 마도서는 그대로 있어. 천천히 가자.'

시간도 그의 편이었다. 수현은 그렇게 생각했다. 이번에 백하초를 얻고서 치유 마법을 얻는 것만으로도 충분한 이익이었다.

"저기…… 그대여."

"……?"

"어르신이 그대를 보자고 하는데, 괜찮겠나?"

수현을 데리고 가면서, 에이다는 방금 있었던 대화를 떠올렸다.

"뭘 더 받지 않겠다고 했다고?"

"네. 그리고 우리를 괴롭힐 생각은 조금도 없다고 전해달라고 했습니다."

"허. 참. 신기하군."

"잘 된 거 아닌가? 보기 드물게 예의를 아는 인간인 것 같은데."

"그 정도로 식견이 있는 젊은이라면 앞으로 문제가 생길 것 같지는 않군. 잘 해결됐네. 그렇지 않습니까, 어르신?"

"그 인간을 불러주겠나?"

"……?"

"예?"

"그 정도로 보는 눈이 있고 예의가 있는 인간이라면 직접 만나보고 싶구나. 무리는 아니겠지?"

다른 이들도 당황했지만, 여기서 가장 발언권이 높은 건 그였다. 아무도 그를 말리지 못했다. 에이다는 잠시 망설이다가 고개를 끄덕였다.

"알겠습니다. 그렇게 하겠습니다."

"여기인가?"

생각에 잠겨서 걷고 있던 에이다를 깨운 건 수현의 목소리였다. 수현은 에이다가 지나친 건물 앞에 서서 뭐하냐는 듯이 그녀를 쳐다보고 있었다.

"어떻게 알았나?!"

"딱 봐도 어르신들 사는 곳인데 뭘……."

수현은 신발을 벗고서 앞에서 멈췄다. 그걸 본 에이다는 다시 한번 놀랐다. 설마 엘프식 예절을 아는 건가?

"그대, 왜 그러는 거지?"

"음? 아. 이렇게 하는 게 아니었나? 원래 들어가기 전에 이렇게 하는 거로 알고 있었는데."

"맞, 맞다."

"이 엘프들은 진짜 왜 이래? 예의를 지켜줘도 귀찮게……."

외부인일 경우, 건물 안에 들어가기 전에 사람이 있다면 허락을 받고 들어가야 했다. 그런 규칙은 보통 엘프들과 어느 정도 교류를 하는 사람들도 모르는 세세한 규칙이었다. 엘프들도 굳이 인간들한테 그런 규칙을 지키라고 하지는 않았다.

그러나 수현은 아무렇지도 않게, 그런 예절이 몸에 밴 것처럼 행동한 것이다. 놀라울 수밖에 없었다.

"들어와도 괜찮네."

"감사합니다."

수현은 안으로 들어가 주변을 둘러보았다. 천장이 살짝

낮고, 나무를 이용해서 만든 내부 구조까지. 전형적인 엘프들의 집이었지만 세세한 면에서는 조금씩 차이가 났다. 엘프들은 대체로 연장자를 공경하는 것이다. 공을 들인 게 느껴졌다.

안에 앉아 있는 엘프는 나이가 꽤나 들어 보였지만 눈빛에서는 힘이 느껴졌다. 백발만 성성할 뿐 자세는 꼿꼿하고 힘 있는 눈빛으로 수현과 에이다를 쳐다보고 있었다.

'아무리 엘프들은 노화가 적게 온다지만, 그래도 이건 좀 부럽군.'

인간은 수술을 몇 개를 받아야 하는 걸 엘프들은 기본적으로 갖고 있는 것이다.

"저를 보자고 하셨다고요?"

"그랬네. 혹시 폐가 되지는 않았겠지?"

마음 같아서는 빨리 백하초를 먹고 싶었지만, 수현은 최대한 웃는 얼굴로 대답했다.

"폐라뇨. 아닙니다."

"그, 그대여. 화난 것인가?"

"……."

기껏 웃는 얼굴을 보였더니만 옆에서 당황한 목소리를 듣자 억울함이 차올랐다. 수현은 엘프에게 잘 보이는 것을 포기하고 말했다.

"그냥 본론이나 이야기해 주시죠. 왜 부르셨습니까?"

"자네가 보여준 배려와 친절에 대해서는 잘 들었네. 미안하게 됐어. 편하게 해준다는 걸 더 불편하게 만들어버렸군."

"별거 아닙니다. 이해도 하고요. 인간들한테 그 정도 경계심을 보여주는 건 좋은 거죠."

"……?"

대놓고 인간들을 믿지 말라는 수현의 말에 엘프 남자는 살짝 당황했다. 말이야 맞는 말이지만 그걸 인간이 대놓고 말하는 건 의미가 달랐다.

"그러고 보니 내가 아직 이름도 말하지 않았군. 나는 호른 코엔달이네."

"김수현입니다."

"그래. 수현. 자네는 우리 부족을 위해 그렇게 일을 해줬는데, 우리는 오히려 자네를 불편하게 만들어버렸어. 그에 대한 사과를 하고 싶네."

"사과하실 것까지는 없습니다만. 그것 때문에 부르신 겁니까? 그러면 전 이만……."

슬슬 밖으로 나가서 백하초를 먹고 싶었다. 그러나 호른은 고개를 저었다.

"원하는 게 더 있냐고 물어봤지만 자네는 거절했지."

"그렇죠."

"정말로 원하는 게 없지는 않겠지?"

"그야 그렇지만, 억지로 뜯어낼 생각은 조금도 없습니다."

수현의 말을 들은 호른은 확신했다. 이 인간은 그들이 어떤 의미로 그런 제안을 한 건지 눈치챈 게 분명했다. 놀라웠다. 겉모습만 보면 인간 중에서도 꽤나 젊은 축에 속했는데, 행동하는 걸 보면 노회한 전사가 연상됐다.

수현을 부른 건 단순히 사과와 감사를 하기 위해서가 아니었다. 그런 것 때문에 사람을 안으로 부르지는 않았다. 호른은 입을 열었다.

"그러면 다시 한번 원하는 걸 말해보게."

"예?"

수현은 이 엘프가 무슨 소리를 하나 싶어 호른의 얼굴을 쳐다보았다. 그러나 호른의 얼굴은 진지했다.

"호른 씨, 저는 거래를 존중하는 편입니다. 랩터를 전부 처리하는 게 조금 과한 일이었을지도 모르지만, 처음에 한 거래는 랩터를 처리하면 백하초를 받는 것이었죠. 이유가 없는 한 굳이 거기서 더 받을 수는 없습니다."

선의로 더 주는 거면 감사히 받겠지만, 이들은 선의로 주는 게 아니었다. 겁을 먹고 진상하는 것이나 다름없었다. 그런 건 섣불리 받는 게 아니었다.

"이유가 있네."

"⋯⋯?"

"자네와 친하게 지내고 싶다는 게 그 이유지."

"⋯⋯."

"솔직하게 말하지. 처음에 한 제안은 자네가 조금 위험해 보여서였네. 랩터 무리를 그렇게 손쉽게 처리할 수 있는 인간이라면 그가 불만이 생겼을 경우 어떤 일이 생길지 모르니까. 차라리 조금 더 챙겨주고 화근을 잘라내려고 했네."

"그랬겠죠."

수현도 잘 알고 있었다. 힘을 가진 것만으로도 주변에서 어떻게 생각되는지. 힘을 가졌다면 그것이 가진 무게감을 이해하는 것도 의무였다.

"그렇지만 이번의 제안은 다르네. 그저 순수한 호의지. 엘프들이 어떻게 생각하는지 이해하고, 그에 맞춰서 배려할 줄 아는 인간에 대한 호의."

"능력 있는 인간에 대한 호의도 있겠죠."

"부정하지는 않겠네. 자네는 보기 드문 사람이야. 알고 있나?"

"알고 있습니다. 제가 희귀한 인재라는 건."

옆에서 둘의 대화를 조용히 듣고 있던 에이다가 황당하다는 표정으로 수현을 쳐다보았다. 다른 사람이 말하면 오만하게 들렸겠지만, 수현이 말하니 왠지 모르게 납득이 갔다.

"언제나 그런 사람에게 베푸는 호의는 좋은 투자였지. 나는 이걸 투자라고 생각하고 있네."

"투자는 그렇게 도박처럼 하는 게 아닐 텐데⋯⋯."

"뭐 어떤가. 내가 원해서 하는 건데. 자네에게 손해가 가는 일은 아니잖나?"

그렇긴 했다. 수현은 생각에 잠겼다. 이번에 다시 한 제안은 엘프들이 지레 겁을 먹어서 한 제안은 아니었다. 그러나 판단하기는 더 복잡했다.

'호의로 투자를 해주겠다고?'

호른은 수현에게서 가능성을 본 것이다. 호의적으로, 친하게 지냈을 경우 나중에 이익을 볼 수 있는 가능성. 설령 아무것도 얻지 못하게 되더라도 몇 개 안 되는 물건으로 이런 가능성을 살 수 있다는 것 자체가 기회였다.

'이렇게 되면 거절할 이유가 없지.'

이렇게 상황에 예민한 엘프들이라면 그런 선물을 했다고 과한 요구를 해오거나 하지도 않을 것이다.

선의에는 선의로. 수현은 고개를 끄덕였다.

"감사합니다. 잘 받겠습니다."

"그런데 뭘 원하나? 인간들이 우리한테서 원하는 건 한정되어 있긴 하지만."

"흠……."

수현은 돈에 크게 욕심이 없었다. 물론 돈이 있으면 좋은 건 사실이었지만, 카메론 행성에서 돌아다니는 그에게 더 중요한 건 힘이었다. 힘과 달리, 돈은 그 자체로 목숨을 구해주지는 못했다.

역시 지금 가장 필요한 건 마법이었다. 수현은 약초 관련으로 조건을 채울 수 있는 마법들을 빠르게 훑어보기 시작했다. 마도서 안의 마법들은 워낙 다양하고 복잡해 조건에 맞는 것들을 찾는 것도 일이었다.

강력하고 범용성 좋은 마법들은 조건도 그에 걸맞게 세세했다. 다른 사람이면 그런 마법 하나를 잡고 차근차근 모았을지도 몰랐지만, 수현은 아니었다.

간단한 마법이라도 상황에 맞게만 사용한다면 매우 효과적으로 쓸 수 있었다. 전생에서 가진 건 약한 염동력뿐이었지만 그는 충분히 활용을 해왔던 것이다.

'괜히 복잡하고 강한 거 배운다고 오래 잡을 필요 없다. 간단하지만 쓸모 있는, 배우기 쉬운 마법을 먼저 익히자.'

얼마 지나지 않아 답이 나왔다.

'원견(遠見) 마법.'

간단하지만 그 효과는 어떻게 쓰느냐에 따라 다양한 활용이 가능했다. 특히 원거리에서의 저격을 즐겼던 수현에게 '멀리 보는' 능력은 완벽한 궁합이었다.

[원견]
타르민 : 0/3
루테인 : 0/5
오미네 : 0/3

게다가 재료까지 간편했다. 구하기가 어렵긴 했지만 전부다 약초 계열. 엘프들이라면 가지고 있을 가능성이 컸다. 수현은 곧바로 약초들의 이름을 말했다.

"자네는 정말로 약초들을 좋아하는군. 상인도 아닌데 그렇게 약초들을 챙길 이유가 있나?"

"취미입니다."

"연구자인가? 인간 중에서는 가끔씩 보이던데."

"제가 그런 사람으로 보입니까?"

"음. 그건 좀……."

연구자 이야기를 하니 옛날 생각이 났다. 그러고 보니 최지은을 언제 한 번 찾아가기는 해야 했다. 과거로 돌아온 게 좋은 것만은 아니었다. 예전의 인연들이 다 사라진 것이다.

과거의 대원들과도 다시 새롭게 관계를 쌓아야 했다. 누가 과거로 돌아왔다는 수현의 말을 믿어주겠는가?

그렇지만 최지은은 아니었다. 수현은 말 한마디만 하면 그녀가 그를 완전히 믿게 만들 자신이 있었다. 그녀는 그런 사람이었으니까.

"운이 좋군. 다 갖고 있는 약초들이니. 이것만 있으면 되나? 키우려고 해도 이 정도밖에 없으면 키우기가 힘들 텐데."

"괜찮습니다. 그냥 주시죠."

"여기 있네."

바구니에 약초를 담아서 받은 수현은 에이다에게 시선을 돌렸다. 무언가 할 말이 있는 것 같은 진지한 표정.

에이다는 당황해서 물었다.

"왜 그러는가, 그대?"

"좀 조용히 식사할 만한 곳 없나?"

백하초는 청량한 맛이 났다. 씹을 때마다 나오는 즙이 어지간한 음료수 못지않았다. 목구멍 안으로 집어삼키자, 수현은 순간 앞이 빛으로 물들어지는 환상을 보았다.

"……!"

초능력이라는 건 익숙해지면 신체를 움직이는 것 같은 감각으로 사용이 가능했다. 그런 면에서 새로운 마법이 추가되는 건 신체 부위가 하나 더 생긴 느낌과 비슷했다.

"된 건가?"

마도서를 확인해 보니 치유는 이미 활성화가 되어 있었다. 수현은 손바닥을 그어 가볍게 상처를 만들어 보였다. 그리고 정신을 집중해서 치유를 사용했다.

흰빛과 함께, 상처가 순식간에 아물어버렸다.

수현은 환호성을 지르고 싶은 걸 꾹 참았다. 전장에서 급속하게 치료를 할 수 있는 수단이 없는 건 아니었지만 대체로 귀하거나 비싸거나 부작용이 컸다.

그에 비해 이 마법은 완벽했다. 힘을 소모한다는 것 빼고는 어떤 부작용도 없는 것이다.

'게다가 염동력보다는 훨씬 소모 폭이 작다!'

마음 같아서는 팔이 잘려나간 중상에도 실험해 보고 싶었지만, 아무리 그래도 이런 곳에서 그런 짓을 하는 건 무리였다. 엘프들이 그런 걸 봤다가는 해프닝으로 끝나지 않을 것이다.

"자. 그러면 이제……."

원견을 익히기 위해 필요한 세 가지 약초를 먹을 시간이었다. 수현은 아무런 생각도 없이 타르민을 집었다. 백하초가 그렇게 맛있었으니 이것도 그러하리라 생각한 것이다.

"!!!!"

타르민은 더럽게 매웠다.

순간 혀가 타오르는 느낌이었다. 수현은 주먹을 불끈 움켜쥐고 물을 들이켰다.

'다른 약초는?'

루테인도 맛이 있지는 않았다. 지독할 정도로 쓴맛이 혀를 마비시켰다. 이제 마지막 오미네는 먹어보기도 겁날 정도였다.

수현은 약초 바구니를 쳐다보다가, 한숨을 쉬고 그릇을 들었다. 그리고 약초를 허공에서 염동력으로 갈아버렸다. 구하기 힘든 게 장애물이라고 생각했는데, 생각해 보니 온갖 재료를 먹어야 하는 상황이니 맛도 만만치 않게 장애물이었다.

수현은 약초가 갈아져서 뒤섞인 덩어리에 물을 타서 거무죽죽한 액체를 만들었다. 그리고 눈을 감고 들이키기 시작했다.

"너 괜찮냐? 조금 더 쉬었다 갈까?"

"컨디션은 괜찮으니 걱정하지 마십쇼."

수현의 얼굴은 질려 있었다. 왜 이렇게 질려 있는지 이유를 모르는 김창식은 수현의 컨디션이 회복되지 않은 줄 알고 걱정했다.

그들은 엘프들의 마을에서 나와 돌아가고 있는 중이었다. 에이다는 정글 지대에 도착할 때까지 그들을 데려다주었다. 엘프들에게서 보기 힘든 호의 표시였다.

'토할 거 같군.'

어찌나 맛이 역겨웠는지 아직도 입맛이 없었다. 마지막 오미네가 그 둘의 조합에 무언가를 더한 게 분명했다. 아무리 생각해도 이건 좀 심했다.

덕분에 원견 마법까지 익히긴 했다. 치유 마법만을 생각했는데 하나 더 얻었으니 기뻐해야 할 상황이었지만, 수현은 울렁거리는 속을 다스리며 고개를 저었다.

'다음부터는 맛을 안 보고 먹는 방법을 찾아봐야겠어.'

앞으로 뭘 더 먹게 될지 몰랐다. 이런 일을 피하려면 대비를 해야 했다.

"우리 너무 빠르게 움직이는 거 아니야?"

"예? 아. 괜찮습니다. 확인하고 움직이고 있어요."

"네가 그렇다면 그런 거겠지만……."

김창식은 수현이 컨디션도 안 좋아 보이는데 동작마저 서두르자 불안한 기색이었다. 그러나 수현은 정말로 제대로 확인을 하고 있었다. 새로 배운 마법을 이용해서.

원견 마법은 시야를 강력하게 확장해 주는 마법이었다. 어느 방향으로 집중하느냐에 따라 조금씩 달라지지만, 기본적으로 정찰이나 저격에서 탁월한 위력을 발휘하는 능력인 것이다.

익숙한 지형에, 강화된 시야까지. 느리게 움직일 이유가 없었다. 수현은 거침없이 앞으로 나아갔다.

to be continued